LA MIEL Y EL CUCHILLO

Julián Ibáñez

La miel
y el cuchillo

Mención especial
Premio Umbriel Semana Negra 2003

Umbriel

Argentina • Chile • Colombia • España
Estados Unidos • México • Uruguay • Venezuela

© 2003 *by* Julián Ibáñez
© 2003 *by* Ediciones Urano, S. A.
   Aribau, 142, pral. - 08036 Barcelona
   www.umbrieleditores.com

ISBN: 84-95618-65-6
Depósito legal: B. 28.817 - 2003

Fotocomposición: Ediciones Urano, S. A.
Impreso por Romanyà Valls, S. A. - Verdaguer, 1 - 08760 Capellades (Barcelona)

Impreso en España - *Printed in Spain*

LA MIEL Y EL CUCHILLO

1

Es bajo y rechoncho. Y tiene las patas cortas, seguro que no las utiliza mucho. Le engancho por el tobillo, el de la pata izquierda por si es diestro y juega al fútbol, aunque estoy seguro de que no juega a nada, la levanto y la apoyo en el neumático de la rueda delantera. Usa zapatos negros, de cordones, zapatos caros, le quito el del pie izquierdo y compruebo que son unos Callaghan, seguro que no se los quita cuando se folla a la mujer del carnicero; están relucientes, como si hubiera adivinado lo que le va a suceder. Le sujeto la pata con la mano izquierda, por la rodilla, y le golpeo con el martillo un poco más arriba del tobillo, en el cuello del hueso que es el lugar más débil, o debería serlo, porque necesito golpearle media docena de veces hasta que sé que se ha partido. Esto es lo más cansado del trabajo, y tienes que concentrarte en lo que haces, debes golpear en el mismo sitio, si no, no sirve de nada, puedes conseguir sólo un poco de carne machacada; además, te encuentras con la guardia baja y a lo mejor hay un mirón contemplándote trabajar sin que te enteres, como si fueras una atracción. No he oído el chasquido del hueso, los golpes del martillo me han impedido oírlo, pero sé que se ha roto porque el pie se dobla de lateral y esto un pie sólo puede hacerlo si el hueso está roto. Suelto la pata, el pie se escurre por el neumático y cae al suelo; el tipo gime, da la impresión de que gime sin saber por qué lo hace. Me inclino para darle el mensaje, para que vea que yo no tengo nada contra él, que el hueso roto se lo ha merecido porque es un cabrón. Me inclino y acerco mis labios a su oreja.

—Eres un cabrón, te lo mereces por cabrón… Para que no mojes la salchicha en… Aurelia… o en Angustias, como se llame. ¿Te has enterado? Y me he quedado con las ganas de partirte el otro, no lo olvides.

Me incorporo. Miro alrededor. Nadie. Guardo el martillo en el bolsillo interior de la chupa y saco la cajetilla. Enciendo un ducados, doy una calada profunda y echo el humo.

Eres un buen chico. Has dejado el Honda Civic donde no llega la luz. Si hubieras salido acompañado como ayer me habría visto obligado a seguirte hasta su casa; si hubieras salido acompañado las cosas se habrían complicado porque me habría quedado sin cobrar. Me habría visto obligado a decirle al carnicero que estaba resuelto su problema, aunque no te hubiera tocado… Supongo que te habría seguido hasta tu casa y habría abierto la puerta de una patada, para encontrarme con tu costilla sirviéndote la cena, porque estoy seguro de que estás casado; me veo explicándole a tu costilla que he entrado de esa manera porque te estás follando a la mujer del carnicero; tu costilla se habría alegrado de saberlo y seguramente habría rematado la faena vaciándote la sopera en la cabeza.

Hasta aquí llega la música de las charangas, creo que el viento sopla a favor. Llevan dos horas desfilando, están ya por General Ortuño, o por Borja Grimaldi... Me podía haber disfrazado, ahora me doy cuenta, me podía haber disfrazado... de cualquier cosa.

Sí, Romeo, has venido directamente donde dejaste el Honda. Y no me ha costado nada acercarme a ti. Para mí eres Romeo, tengo el papel con tu nombre en el bolsillo pero no lo voy a sacar.

Parecías pensativo, pensabas en los negocios que has dejado sin resolver, o pensabas en la mujer del carnicero. Has dejado el carterón en el suelo y has sacado las llaves del buga. Me he acercado por tu espalda, sin que me vieras, he levantado el martillo y ¡zaaas!, te he sacudido en la cresta, de plano, para que no sangraras, para que no gritaras y salieran otros colegas, o se asomaran a las ventanas. Tu cuerpo ha quedado oculto por el Honda. Muy bien, Romeo, te has portado muy bien, nadie nos ha visto y, sobre todo, no has perdido el conocimiento pensando que tenía que darte el mensaje, el carnicero ha insistido en que te lo dé, para que sepas de qué va el asunto. Los dos hemos hecho nuestros deberes.

Miro de nuevo a derecha e izquierda. Nadie. Dejo caer el pitillo y lo aplasto con la suela del zapato. Me pongo en marcha, enfilando hacia Mayor Cid, que es donde he dejado aparcado el R-19.

2

El bar donde echo el último trago está en la carretera de Pinto, unos trescientos metros pasada la gasolinera. Es un garito solitario, de una sola planta, de tejado a dos aguas de tejas árabes; no es demasiado cutre. El aparcamiento es de tierra, sin árboles y sin marquesina, encharcado ahora, aunque Kinito echa de vez en cuando un camión de garbancillo en la entrada. Hay cuatro coches entre los charcos: un Seat Toledo blanco, un Super 5 también blanco, un Brava verde metalizado y un Sierra amarillo pálido. Los cuatro son de Madrid. Aparco junto al Seat. La iluminación es la que proporciona el fluorescente rosa en letras de redondilla: Club Minerva. Echo la llave al R-19 y entro en el bar.

Una docena de patanes de Parla o Pinto. Acabo de descender el escalón de la entrada cuando todo el mundo vuelve la mirada hacia mí y se produce un silencio repentino. Me detengo. No sé por qué me miran. Les miro. Caigo en la cuenta de que estamos en Carnaval, pero no sé qué tiene esto que ver para que me miren. A lo mejor hay testigos del trabajo que acabo de hacer en Entrevías. Es imposible, he venido directamente al Minerva. Las miradas y el silencio no se deben a que alguien les haya traído la noticia. Lo más extraño es que Kinito también me mira. Tiene los brazos apoyados en la barra, en su posición habitual. Hoy viste una camisa rosa de manga larga, impecable como siempre. El cajón del dinero está a su espalda, cerrado. Lula, Fina, Dulce y Ruth también me miran. Lula tiene la mano en la boca, como si estuviera dando una calada a un pitillo, pero no está fumando. Dulce mira hacia mí sobre el hombro de Bielski. Lula y Fina están por los treinta, Dulce y Ruth no tienen más de diecisiete años. Bielski, el polaco, es el único que no me mira, nunca mira a nadie, tiene los brazos apoyados en la barra y los ojos puestos en la lata de cerveza.

Advierto que no me miran a mí, miran a mi espalda, lo advierto ahora, y el silencio se debe a lo que están viendo. Giro la cabeza y me encuentro, a sólo un metro de distancia, en el escalón de la puerta, a un tipo que ha entrado detrás de mí sin que yo me aperciba. Es un tipo alto, con planta de atleta; en el escalón me sacará más de un palmo. Lleva puesto un traje gris, con camisa blanca y corbata azul. Es un tipo normal, sólo que es fuerte. Pero estamos en Carnaval y lleva el rostro cubierto con una máscara, reconozco el careto de la reina Sofía, con la correspondiente peluca copia del peinado de la Reina. Acabo de poner mis ojos en él cuando me apunta con el dedo índice como si fuera una pistola, y exclama:

—¡Zarpas arriba, esto es un atraco!

Su voz suena hueca detrás de la máscara. Silencio. Nadie ha reído la gracia, si es una gracia. Yo tampoco me río, ni sonrío. Reina Sofía enfunda y se dirige a la barra, se vuelve, desenfunda de nuevo y me dispara:

—¡Pam, pam!

Sus zapatos crujen, debe de ser otro truco. Este tipo es un bufón. Aunque su aspecto no es de bufón. Nadie se ha reído, sólo Fina, que ha soltado una risita nerviosa. Yo, al fin, levanto los brazos para seguirle la broma. Kinito contempla ceñudo al tipo, no le gustan estos números en su bar. Kinito nunca ríe, ni siquiera sonríe. Yo no sé cómo tomarlo. Bajo los brazos, de pronto me siento gilipollas.

Me acerco a la barra y me coloco al lado de reina Sofía, a ver qué pasa. Ruth nos atiende, está muy seria pero no mira a reina Sofía de forma especial. Éste inclina la cabeza en mi dirección y dice:

—Invita al amigo.

Y me guiña el ojo izquierdo, detrás de la máscara. Es un ojo gris acero. No sé de qué va este tipo. Digo:

—La siguiente es mía.

Ruth le sirve un JB sin hielo sin preguntarle qué toma. Los otros clientes y las chicas nos miran de reojo, se han reanudado las conversaciones pero en un tono apagado. Ruth me pregunta.

—¿Tú?

—… Una Golden.

Una Golden es siempre mi primer trago en el Minerva, vengo casi todas las noches, estoy seguro de que Ruth sabe muy bien lo que tomo.

Kinito no aparta su mirada de reina Sofía, continúa con los brazos apoyados en la barra, parece advertirle que lo tiene bajo control, que no se fía de él… Puede que no, ahora caigo, Kinito recibe por la puerta de atrás y debe estar calculando el calibre de reina Sofía. Éste brinda su JB en mi dirección y bebe.

Las conversaciones recuperan el tono normal. Ruth coge unas llaves de una repisa y las guarda en el bolsillo del vestido; es un vestido verde billar, algo más claro, muy ligero, de primavera o verano, muy corto.

Con las llaves en el bolsillo, Ruth engancha el vaso vacío de un patán y le pregunta con malos modos si quiere más hielo; el patán, que le ponga otra.

Engancho la lata y echo un buen trago, resulta que estoy sediento. Todavía tengo la lata en los labios cuando me llega la voz de Bielski diciéndole a Dulce que papá Oso mete en la cesta un pan, queso y miel porque ha decidido ir de pesca. A Bielski le gusta contar cuentos y a Dulce escucharlos.

Vuelvo la cabeza, advierto que lo he hecho porque de alguna forma he captado que la expresión de Kinito se ha alertado. Miro hacia mi izquierda y veo que reina Sofía ha hundido su mano derecha en el bolsillo de la chaqueta. Me enderezo, dejo la lata sobre la barra y cierro los puños; no sé por qué lo hago, no me va nada en el asunto y tengo la cartera vacía. Todo el mundo se ha dado cuenta de la maniobra de reina Sofía. Éste saca la mano del bolsillo y arroja un puñado de confeti sobre la cabeza de Ruth que le está poniendo la copa al patán. Reina Sofía es sólo un bufón con ganas de juerga.

Unos minutos después, reina Sofía deja un par de billetes pequeños sobre la barra y, sin despedirse de nadie, se encamina hacia la puerta. Sus zapatos crujen. Cuando se encuentra a la altura de Kinito mete con rapidez la mano en el bolsillo de la chaqueta, la saca y arroja un puñado de confeti a la jeta de Kinito. Éste le mira muy concentrado. Reina Sofía le mantiene la mirada un par de segundos y luego sale del bar.

Engancho la lata de nuevo y me arrimo a la máquina. Meto las cuatro monedas que me quedan. Tengo un billete de diez para pagar la Golden. Aprieto el botón.

Un par de minutos más tarde oigo la voz de Ruth:

—Dos Dyc y una jein. No está hecho.

Supongo que se lo dice a Dulce, sirven en el mismo lado de la barra. Veo de reojo a Ruth que, tal como está, sólo lleva puesto el vestido ligero, sale del bar.

La máquina me está costando toda la calderilla. Me queda el billete de diez, para dos Golden. Mañana le cobraré al carnicero. Regreso a la barra.

Kinito abre el cajón del dinero, saca los billetes grandes, hace un paquete con ellos y lo guarda en el bolsillo. Dulce se ha separado del polaco porque está poniendo hielo en el vaso de un patán.

Kinito me mira. Tardo en comprender por qué lo hace: Ruth no ha regresado. Me queda una moneda. Vuelvo a la máquina.

Un minuto más tarde me he quedado sin partidas. Dejo la lata sobre la máquina y salgo del bar.

En el aparcamiento sólo hay bugas, seis, contando ahora el R-19. Escudriño el interior de todos los bugas pero no encuentro a nadie. Ruth se ha largado, lo más probable es que se haya ido con reina Sofía, no ha salido para hacérselo en el aparcamiento, Kinito no lo permite. Se conocen, Ruth y reina Sofía se conocen, estoy seguro. La chica no se ha despedido, se ha largado sin más, a veces sucede, las chicas van y vienen. Regreso de vuelta al bar cuando oigo un grito apagado, como un gemido, es un grito de mujer. Proviene de la parte de atrás del bar. Voy hacia allí.

La luz es escasa, la del letrero rosa reflejada en los charcos. Hay dos coches aparcados en la parte de atrás: el Mercedes 400 de Kinito y un buga color... me parece que butano, creo que es un Ibiza. Junto al Ibiza veo las sombras de reina Sofía y Ruth. El tipo la está sacudiendo, con una correa, o con una cuerda. Me dirijo rápido hacia allí.

Ruth se encuentra acorralada entre el Ibiza y el aligustre, está medio encogida, se cubre el rostro con los brazos y gimotea:

—... ¡Déjame!... ¡No quiero!... ¡Déjame, hijo de puta!... ¡Chulo!... ¡Déjame!...

Reina Sofía la sacude, pero no lo hace seguido, deja transcurrir tres o cuatro segundos entre correazo, como si le estuviera diciendo que la sacude pero que es un trabajo como otro cualquiera.

Le chiflo y le grito:

—¡Eh, alteza! —El tipo detiene el brazo y gira la cabeza en mi dirección. Añado—: Tienes puesta mi copa.

Cierro los puños, le tengo como a diez metros. Será mejor que no me golpee con la correa. Es un tipo corpulento, casi tanto como yo, con facha de atleta. Voy a por él. Pero me quedo cortado porque el tipo no me hace frente. Me coge de sorpresa, por lo que me detengo. El tipo ha girado en redondo y se dirige al otro lado del coche, como para protegerse detrás de él. Pero no está huyendo, me parece que está calculando. Este movimiento me desconcierta. Me muevo hacia él.

—¿Adónde vas? ¡Ven aquí!..., ¡ven aquí, tú!

Me detengo de nuevo, mis palabras han sonado como la voz de otro: es una situación para la que no estoy preparado.

Voy donde Ruth y la cojo del brazo.

—Tú, adentro.

La chica se incorpora de un salto y se revuelve contra mí tratando de soltarse.

—¡Déjame tú! ¿Quién cojones te mete a ti? ¿Quién coños te manda a ti?

Le aprieto el brazo. Tiene las mejillas brillantes.

—Adentro.

—¡Ocúpate de tus cosas, gilipollas! ¡Comemierda!

La empujo hacia el bar.

—¡Adentro!

En vez de soltarse se abalanza sobre mí lanzándome las uñas al rostro.

—¡¡Cabrón!!

Echo la cabeza hacia atrás pero no logro evitar que una uña me roce el pómulo. La suelto y le largo un revés con la izquierda. Aterriza. Se levanta de un salto y, sin dudarlo, corre hacia reina Sofía. Se abraza a él sollozando. Reina Sofía le pasa el brazo por los hombros, protegiéndola, la besa en la cabeza. Les contemplo. Esta escena es muy nueva para mí, no la comprendo. Reina Sofía abre la puerta del copiloto del Ibiza y hace entrar a Ruth, lo hace delicadamente, como si la chica tuviera un hueso roto. Luego rodea el coche, abre la otra puerta y ocupa el asiento del conductor. Veo como arroja la correa al asiento de atrás.

—¡Espera un poco, tú!

Voy a por él, me siento inútil.

Pero el tipo arranca y sale lanzado disparando chinarros. Me pego al aligustre para que no me arrolle. Pasa a mi lado a cien por hora, cruza el aparcamiento y sale directamente a la carretera sin dar el intermitente ni detenerse, toma hacia Parla.

Contemplo alejarse los dos pilotos, con las manos en las caderas y sin pensar en nada.

Me dirijo de regreso al bar, le diré a Kinito que no la he encontrado, otra chica que se le ha largado, no es la primera ni será la última. He dado media docena de pasos cuando mi zapato da una patada a algo, suena como unas llaves. Busco en la penumbra; enseguida veo un llavero con llaves, lo cojo. Es sólo una anilla corriente con tres llaves, tres llavines normales. Lo echo al bolsillo.

Voy a entrar en el bar cuando me detengo. Saco el llavero, estudio los tres llavines y elijo uno de ellos. Acabo de introducirlo en la cerradura cuando el aparcamiento es barrido por las largas de un coche que se acerca. Saco el llavín y guardo el llavero en el bolsillo; me alejo de la puerta, prefiero que no me vean. Por el movimiento de las luces y el sonido de la gravilla advierto que el coche entra en el aparcamiento. Oigo aparcar. Oigo dos puertas que se abren y se cierran. Oigo las pisadas de dos personas que se dirigen al bar, no hablan. La puerta del bar se abre y se cierra.

Pruebo uno de los llavines en la cerradura. No sirve. Pruebo otro llavín. Tampoco sirve. Pruebo el tercero. El llavín gira y el pasador se desliza con suavidad. Echo el llavero al bolsillo y entro en el bar.

3

Monfortinho está en Portugal, a sólo un par de kilómetros de la raya de la frontera, se va por Plasencia y Coria. Tendrá unos dos mil, o tres mil habitantes; he estado aquí un par de veces, pero no conozco la plaza del pueblo y casi no he salido del buga.

Hay un garito a la derecha de la carretera, como medio kilómetro antes de entrar en el pueblo. Es un garito enorme pero muy cutre; una casa antigua, de labranza, de las de antes, de una sola planta, con una fachada de casi treinta metros de paredes desconchadas, en la que se abre una fila de ventanas con rejas. Se llama el Tanga, un nombre como otro cualquiera, se dice igual en portugués que en español. Medio kilómetro más adelante un río pequeño cruza la carretera.

Hoy me esperan tres chicas, las encuentro sentadas en el poyo de piedra que hay junto a la puerta del garito, que está todavía cerrada porque es pronto. Son negras, angoleñas, mozambiqueñas, de por ahí, aprecio que son mercancía de cuarta. Alejado de ellas, como a unos veinte metros, se encuentra el quinqui que las ha traído; le conozco de otros viajes, pertenece a un clan del sur de Portugal relacionado con gente de Huelva; me he dirigido a él, las dos veces que nos hemos visto, con un hola y un adiós y él no se ha molestado en responderme. Apesta a criminal. Le encuentro en su posición habitual: la espalda apoyada en la pared y fumando.

Las putas observan cómo aparco el A-4. Mora me presta el buga cuando hago esta clase de encargos para él. Salgo del buga y voy donde ellas.

—¿Qué?

Me responden con tres gruñidos, portugués o español; se levantan dudosas, contemplándome con recelo, se preguntan si seré tan cabrón como el quinqui que las ha traído. Una de ellas no está mal, es bastante más joven, unos veinticinco o por ahí.

Les indico el A-4 con la cabeza.

—Embarcad.

Me entienden porque pillan las maletas y se dirigen al coche.

El quinqui no se ha despegado de la pared, se ha limitado a volver un poco la cabeza; soy yo el que mueve los pies hacia él.

—¿Todo bien?

Debe de pensar que hoy me encuentro muy hablador. Tampoco me mira. Expulsa el humo con fuerza, se despega de la pared, saca del bolsillo interior de la chaqueta el talonario de recibos y la Parker. Su chaqueta es marrón anaranjado, de solapas picudas, la camisa es morada, de esas de nazareno, y en vez de corbata lleva un cordón amarillo que parece de seda. Le firmo un recibo por cada una de las chicas y le devuelvo la Parker. Es todo, no me despido de él, que te den por culo. Regreso al coche y ayudo a las tres chicas a colocar sus maletas en el maletero. Les abro la puerta como un lacayo. A la joven le sobra un poco de grasa por delante y por detrás pero está regia. Se encaraman al buga, les cierro la puerta y me coloco detrás del volante. El quinqui ha desaparecido, no sé si tiene su garito por aquí, en Monfortinho. El motor cobra vida y nos largamos también. Pienso si el quinqui no será sordomudo.

Enseguida cruzamos la raya de la frontera. Echo una mirada al retrovisor para estudiar la mercancía, no he invitado a ninguna de las tres a sentarse a mi lado, tienen hermosos traseros y deben de estar muy apretadas ahí detrás. Procuro que mi voz suene de camarada a camarada:

—¡Eh!… ¡eh!… ¿Cómo os llamáis?

Se miran. No me han comprendido.

—¿Tenéis un nombre?… ¿Aurelia?… ¿Carmen?… ¿Aurelia, Carmen y… Maruja?

Me responden dudosas, con puro acento portugués:

—… Fátima… Fátima… Fátima.

—¿Las tres? ¿Fátima las tres?… ¿Sabéis quién era Fátima?

Las putas se miran, lo hacen también hacia el retrovisor, están en la luna.

—Era una mujer —las informo—… Una mujer pobre, no tenía para tabaco… ¿Vosotras… vosotras África… Angola?

Ahora se excitan, inclinándose hacia delante.

—¡Angola! ¡Angola, sí!… ¡Benguela! ¡Benguela!

Son de algún villorrio de Angola llamado Benguela. Decido cantarles su himno nacional, para que se distraigan y levantarles la moral. Golpeo el volante como un tam tam y rebuzno:

—Benguela… tam, tam, tam… úlele, úlele, úlele… tam, tam, tam… Benguela… úlele, úlele, úlele… úlele, úlele, úlele… tam, tam, tam… Hoy misionero… tam, tam, tam… úlele, úlele, úlele… De postre misionera… tam, tam, tam… úlele, úlele, úlele…

Echo un vistazo al retrovisor y me gusta lo que veo: las he emocionado.

Puedo meterme en un olivar y probar a las tres, les diré que les estoy cobrando el billete, que es la costumbre. Puedo probar a la joven. Pero a lo mejor las otras dos aprovechan para parar un camión y regresar a Benguela.

Total, que son pasadas las seis en el reloj del salpicadero cuando aparco delante del portal de la pensión Julia, en una de las calles del centro de Parla. Me dirijo a las putas por el retrovisor y elevo la voz para que me entiendan:

—Final de trayecto —les indico el portal de la pensión con el dedo índice—. Segundo piso —les muestro dos dedos—, pensión Julia. Timbre. Preguntad por Julia. Julia. El segundo —dos dedos—. Yo a las diez —los dedos de las dos manos extendidos—, aquí, cuatro horas, las diez, ¿comprendido? En el portal, aquí mismo.

Se miran, no han comprendido nada. Paso el brazo por encima del asiento y les abro la puerta.

—Vamos, coged vuestras maletas y daros un baño.

Las tres bajan del coche, abren el maletero y pillan sus maletas, luego se encaminan dudosas hacia el portal de la pensión.

—Segundo piso, Julia. El dos, piso dos, uno y dos. Aquí a las diez. Diez. El dos y a las diez…, veintidós horas.

Que os den por culo. Arranco y me abro. Echo un vistazo al retrovisor: han dejado las maletas en el suelo, miran hacia el portal de la pensión como si se tratara de la cueva de un oso.

Mora me meterá veinte billetes en el bolsillo por el encargo. Cenaré en el Badén y me pasaré por el Víctor. Giley. Quizás encuentre hoy a la Buena Suerte ocupando mi silla.

A eso de las diez recojo a las tres angoleñas y las llevo al Habanera. Es un club un par de peldaños por encima del Minerva, propiedad de Mora, del clan local, un tipo áspero, con un punto, un fulano al que yo después de todos estos años todavía no sé cómo catalogar.

Le llevo las chicas y le entrego sus pasaportes (no tengo que ofrecerle una Parker para que me firme un recibo, se limita a meterme veinte billetes en el bolsillo. En esto consiste mi trabajo: hacer de transportista cuando Mora, o cualquier otro, como Kinito, están demasiado ocupados para desplazarse en persona hasta la raya de Portugal).

Esta noche me quedo a la subasta, sólo porque me apetece un trago, tengo sed, y porque la Fátima joven ha despertado mi interés, un interés que ha ido a más metiéndome en la cabeza la idea de hacer una pequeña inversión. Es sólo una idea, con los billetes que Mora me ha metido en el bolsillo no me llega ni para comprarle zapatos.

Feli me sirve la cerveza y, dejando que el frío de la lata me ascienda por el brazo, me dirijo al reservado donde Mora y su socio, el Pollo —del clan local; largo, de ojos achinados y pómulos de siux—, han llevado a las chicas. Es aquí donde se hace la subasta, con los propietarios de otros clubes, de Entrevías o de la zona. No es un mercado de esclavas, o una oficina de empleo, sólo es una especie de intercambio, las chicas pueden ir y venir a su antojo (en teoría, Mora retiene su pasaporte hasta tener amortizada la inversión, y algunas veces algo más, si la chica es un buen negocio).

Hay una docena de personas en la habitación. La angoleña joven se encuentra al fondo, sentada en una silla, se ha puesto un niqui malva dos tallas menor. El niqui pegado a su piel me lleva de nuevo a pensar en negocios. Me da el perfil, aprecio que su nariz no es demasiado achatada, es casi un poco respingona, y su cuerpo es regio y fresco. Me arrepiento de no haberla metido en un olivar.

Gira la cabeza, me ve pero su expresión no se altera. Se limita a echarse hacia atrás en la silla colocando el brazo en el respaldo. No lleva sostén, puedo apreciar la diminuta sombra de las lentejas de sus pezones.

Además de las tres angoleñas, en la habitación hay otras dos negras, dos dominicanas, o caribeñas. Contra Mora y el Pollo van a pujar los otros cinco representantes del gremio de hostelería: Fraile, hermano del Pollo, propietario del Bésame, en Parla, más corto y ancho que su hermano, pero con sus pómulos de siux; Alvito, que lleva el Amor de Hombre en Villaverde, recibe por el tubo de la chimenea; y otros tres propietarios de mediana edad: Ahijado, un patán, con un hijo ladrón profesional de coches, eso creo; y Caballo y Muñoz, puro Madrid, a los que apenas conozco.

—Hoy nos tocan un par de negras completas y dos medio negras. Vamos —nos llega la voz de Mora, imperiosa, lo habitual en él: hacer pensar deprisa es su táctica en los negocios.

Un par y dos suman sólo cuatro. Supongo que se ha olvidado de la angoleña joven.

—¿La de malva, no lleva una etiqueta con el precio? —se deja oír mi voz.

He hecho la pregunta sin pensarlo, mecánicamente, ha sido hablar por hablar, y la he hecho en un tono elevado. Todos los presentes me han oído, aunque hacer una oferta en esta habitación, con las chicas delante, va contra las reglas. Soy el destinatario de todas las miradas. Paso de ello.

Mora deja escapar el humo del puro cortado por ambos extremos que acaba de encender y se aleja donde una de las dominicanas. Me ha oído pero no me ha escuchado: yo sólo soy un recadero, conmigo no hay negocios.

Hundo las manos en los bolsillos y me acerco a la angoleña joven.

—¿Qué hay?

Mueve los ojos para encontrar los míos. Su mirada pretende ser neutra, pero no lo es.

—¿Tienes un nombre? —le pregunto, en un tono duro que trata de ocultar que me interesa—. Que no sea Fátima.

—¿Tú qué crees?

—¿Cuál?

—Nieves —me contesta, cansina, desviando la mirada, como si durante el día hubiera contestado a esta pregunta demasiadas veces.

Es un nombre que no encaja con ella, es negra y la nieve me parece que es blanca. Lo habrá oído por ahí. Tampoco mi apellido encaja con lo que soy.

—¿Cómo te va la vida?

No me presta atención, otros pensamientos ocupan su cabeza. Me parece que hay algo de melancólico en su expresión, parecido a la tristeza.

Mis colegas examinan a las otras chicas; uno de los madrileños pinza los michelines de una de las angoleñas; Mora le da un manotazo en los riñones para que se encamine al bar, luego le echa a Alvito el brazo por el hombro y salen.

La angoleña joven se levanta, engancha el bolso y, cuando cruza a mi lado con expresión resuelta, me llega su voz en un susurro:

—Cómprame. No te vas a arrepentir.

Y se confunde con las otras chicas.

Quiere que la compre, ha debido de leer mi pensamiento, a lo mejor lo ha comprendido por las miradas que le he echado.

Minutos después, reunido el gremio en el bar, y con los tragos delante, Mora, antes de hablar, saca de debajo de la barra una botella sin etiqueta, refuerza su copa con un chupito y, guardando de nuevo la botella, abre la subasta:

—Ahora las carteras.

—He preguntado si tiene etiqueta con el precio —de nuevo mi voz—. ¿Qué hay con ella?

—Tú habla sólo con la cerveza —me frena el Pollo, a mi espalda.

—Ése es el postre —corta Mora, obsequiándome con una fugaz mirada de soslayo.

Apoyo la espalda en la barra y echo un trago.

La primera oferta viene de Alvito, por una de las Fátimas, diez billetes grandes. Se produce un silencio de medio minuto sin que surjan otras ofertas. Le es adjudicada. En realidad ya se las han repartido, por lo que la escena se repite con las otras chicas, transcurriendo la subasta con normalidad. Mora se limita a hacer nuevas propuestas dando a entender que está de acuerdo con las ofertas. El Pollo no interviene. Me da por pensar que tienen alguna razón para deshacerse rápido de la mercancía.

—¿Qué hay de ese postre? —interviene Fraile, al fin, que es el único, conmigo, que no ha ofertado por ninguna de las otras chicas.

No me ha mirado desde que entramos en el bar.

Mora apoya un brazo en la barra y cruza las piernas, ya no tiene prisa; es la meta que andaba buscando.

Deja caer:

—Mil grandes.

Todos callamos, el viento deja de soplar. Mil grandes por la angoleña joven, es lo que han registrado mis oídos.

En el rostro de Fraile crece una sonrisa de desconcierto, enseguida trata de relajarse, engancha su botellín y le pega un tiento, parece esperar oír la explicación de ese precio. Pero como no llega, pregunta:

—¿En qué idioma hablas?

—En el de los dos.

Mora y Fraile sólo hablan entre ellos, al parecer mi presencia aquí se ha reducido a cero.

—Es mía —intervengo, en un tono subido.

De nuevo acaparo todas las miradas. Dejo la lata y me despego de la barra.

No dispongo de esos billetes, pero no me gusta que me dejen de lado. Sólo tengo los billetes de Mora y no me llega ni para comprarle unos zapatos. Mis colegas, o lo saben o lo suponen, me conocen, me prestan un billete de vez en cuando, o me pagan las copas. Es por lo que todos ocupan un puesto en primera fila, expectantes. Ni Fraile ni Mora se molestan en volver la mirada. El Pollo sí me clava sus ojos de indio advirtiéndome que aquí no se me ha asignado ningún papel.

Es una idea que hace tiempo me ronda la cabeza: hacerme propietario de una chica para ponerla en una barra o en la Avenida. Sé que Kinito aceptaría a la angoleña joven, bajo comisión.

—¿Mil? —inquiere Fraile.

—Mil.

—Es mía —alzo de nuevo la voz.

Fraile vuelve la mirada hacia mí, duro ahora:

—¿Los tienes?

—A ti no te he hecho ninguna oferta.

—Me la has hecho a mí —se deja oír la voz del Pollo, duro y retador.

—¿Los quieres en billetes grandes? —le concreta el duro Fraile a Mora, ignorándome de nuevo, avanzando un par de pasos hacia él, crispado—. Dame un par de horas.

Mora guarda silencio, contemplándonos ceñudo, sopesando el tono de nuestras ofertas.

—Lo has tenido que pensar mucho para tener la pasta en el bolsillo —le replico a Fraile, antes de cambiar la mirada hacia Mora—. Mi oferta es buena.

—¿Has encontrado una mina, o vas a limosnearlos por ahí? —me ladra Fraile, forzando la voz. Le clavo la mirada.

—¿Te debo algo a ti? No. Entonces cierra la boca o te la cierro yo —puedo sacudirle, pero no quiero comprometer a Mora, estamos en su garito. Me dirijo a él—: Te he hecho una oferta.

Este tono seco me hará ganar puntos. El duro Fraile palidece, la piel en sus pómulos se pone tensa.

—¿Dónde la has encontrado? —interviene Ahijado, dirigiéndose a Mora, conciliador.

—¿Dónde?... Era la única Nieves en la guía de teléfonos —responde éste desdeñoso, sin mirarle.

Así que se llama Nieves de verdad, no me ha mentido. Sus padres deben de tener mucho sentido del humor.

—Te ha preguntado si los tienes —interviene de nuevo el Pollo, parece el silbido de una serpiente.

—Los tengo —le gruño, sin mirarle.

—Está bien. Es tuya —decide Mora, cortante, exhibiendo su autoridad sobre el Pollo.

El trato se ha cerrado en falso, la intervención a destiempo del Pollo ha forzado a Mora a mostrarle su autoridad adjudicándome la angoleña.

Así de fácil.

No hay comentarios, mis colegas se limitan a despedirse y a salir en busca de sus adquisiciones para partir camino de sus negocios.

Cuando entro en la habitación de las chicas, me llega la voz de Mora.

—Espera.

Está hablando con Feli. Termina de decirle algo y:

—¿Cuándo?

—Dame un par de días.

El Pollo me ha seguido y se ha situado a mi derecha. Mora lo piensa, buscando una respuesta.

—Uno.

—Yo no guardo la pasta en una caja de zapatos como el hermano de éste —le advierto—. Lo tengo invertido, por aquí y por allá.

No tengo inversiones, nunca las he tenido, Mora lo sabe. Ni me he planteado de dónde voy a sacar la pasta, en lo único en que pienso es en tener a la angoleña a mi lado, rumbo a cualquier parte.

Pediré prestado, hay gente que me debe favores, el mismo Mora, o Kinito. Buscaré más partidas, le pediré al Pequeño que me lleve con él a comisión. Es época de subastas, le daré un toque a Puebla. Buscaré algo.

—Cuarenta y ocho horas, ni una más —me advierte Mora, rubricando el trato—, o te quedas sin chica y sin los extras.

Me doy por enterado y les dejo.

Nieves se encuentra sentada de nuevo en la silla, con el bolso en la mano.

—Mía —le digo—. Cinco minutos, en el coche.

Cinco minutos y me espera junto al A-4. He regresado al bar buscando a Fraile para preguntarle si quiere añadir algo, pero se había marchado ya. Le abro a Nieves la puerta del copiloto. Le devolveré el coche a Mora por la mañana, no le importará que me lo lleve, él se mueve con el Montero.

Me siento a su lado, pongo la mirada en el parabrisas; mi mano busca la llave de contacto y la palanca del cambio, arrancamos. Saco la cajetilla y se la ofrezco, la rechaza.

Enciendo uno para mí. Doy un par de caladas y, al tomar Mariano Crespo, comienzo a hacerle preguntas:

—¿De quién eras?... ¿Cómo has llegado a Monfortinho?

Ha puesto el bolso sobre las piernas, sin sostenerlo con las manos. Tarda en contestarme:

—Doris.

—¿Doris?… ¿Qué Doris? ¿La de Olías?

—Sí.

Conecto el intermitente, echo un vistazo al retrovisor y nos metemos en el carril de aceleración. Dejo pasar un furgón.

Doris de Olías. Olías está cerca de Toledo, Nieves ha tenido que dar mucha vuelta para llegar a Monfortinho. Caigo en la cuenta de que habla muy bien el español, casi sin acento.

La miro de reojo, temo encontrarme su asiento vacío y quedarme sin inversión. Puedo echarle unos veinticinco, no más, y todavía conserva mucho aire selvático. Me alcanza la radiación de su cuerpo, como si llevara a mi lado un saco lleno de uranio. Me parece que huele a algo, no logro descifrar si huele a sudor o a perfume… no, me parece que no huele a nada.

La veo levantar las manos para jugar con su pelo. Lo tiene medianamente largo, no muy rizado, quizá se lo plancha. Deposita unas horquillas sobre el salpicadero. Está abstraída, como dominada por la melancolía, quizás echa de menos su chamizo de paja.

—Me gustaría… —digo, para hablar de algo.

No sé qué decirle.

—¿Te gustaría qué?

—…Tienes aire de tener problemas.

No me contesta.

—¿Los tienes?

—Como todo el mundo.

—Te veo… como seria, como triste. ¿Quién dice que no te pueda echar una mano?

Silencio. Agita la cabeza esponjándose el pelo.

—¿Quieres olerme el chisme o sólo quieres hablar?

No la contesto. No acaba de salir de la selva, está claro. Habla el español como cualquier golfa de por aquí. Lo que no comprendo es qué hacía al otro lado de la frontera, quizás el quinqui la recolectó en Huelva, o en Olías, y dio la vuelta por Portugal porque tenía tiempo de sobra.

Levanta de nuevo los brazos para fabricarse una especie de moño, clava las horquillas en él y luego vuelve la cabeza hacia su ventanilla.

Hacemos el resto del camino en silencio. No considero oportuno decirle nada sobre dónde la voy a colocar. Sí pienso en lo que me dará. Me dará su cuerpo, me dará dinero.

Aterrizamos en el aparcamiento del Minerva. Dos Visa, un R-5, un Tipo verde y rojo con dos tórtolos en el asiento de atrás, una furgoneta Ducatto, y una Gilera 125 con un casco blanco trabado en la cadena antirrobo.

Cuatro palurdos. Atienden la barra Dulce, Fina y Lula. Ruth no se ha presentado. Kinito se encuentra en su puesto.

No tengo que emplear muchas palabras para cerrar el trato con Kinito, sólo para esta noche. Sé que le hago un favor, tiene una vacante. Mañana hablaremos más despacio.

Presento a Nieves a las tres chicas. Los patanes la miran, mudos. Acabo de superar el primer obstáculo para reunir los mil billetes. Necesito que sepa servir un vaso de una botella, si no sabe hacerlo las chicas le enseñarán.

Dulce le explica dónde están las cosas; Nieves pega una cadera al frigorífico y no sé si la escucha.

Enseguida toma posición detrás de la barra, barre con la mirada a los dos patanes que tiene delante y les pregunta:

—¿Venís a beber o venís a mirar?

Los tipos empujan sus vasos y Nieves engancha la botella. Durante media hora la contemplo vaciar bolsillos.

Le digo a Kinito que volveré a por ella.

Conduzco hasta Getafe. Entro en el Veracruz, pido línea y marco el número del Pequeño; no contesta. Necesito que me busque partidas, que me lleve de socio.

Le busco en El Cruce, La Bola Roja y La Marisquería. No me dan razón de él. Plaza, el camarero de El Sol, me dice que en La Tórtola, en Entrevías, hay partida. Marco ese número pero tampoco han visto al Pequeño por allí en toda la noche.

Cuando regreso al Minerva, a eso de las tres, la barra está ocupada por ocho patanes.

Nieves está teniendo mucho éxito. Me habrá rentado cuatro o cinco billetes medianos.

A eso de las cuatro Kinito ordena echar el cierre. Estoy seguro de que ha hecho de caja bastante más de lo normal en una noche entre semana. No me lo va a decir, se limitará a pasarme unos billetes. No me engañará.

Nieves me espera junto al A-4. Nos metemos en el coche y enfilamos hacia la pensión.

No hablamos. A mí se me agotan enseguida las palabras. Sin embargo, temo sus silencios porque me parece que algo le ronda la cabeza.

Por Camino Viejo, unos cinco minutos después, me veo obligado a preguntarle:

—Mañana otra vez aquí. —Kinito ha estado de acuerdo, le ha gustado, contrato indefinido—. Coge un taxi. Minerva, todo el mundo lo conoce. ¿La pensión?

—No.

—¿Dónde?

—En cualquier parte.

—¿Cómo en cualquier parte?

—Me da igual.

No comprendo qué quiere decir.

—¿No te gusta la pensión?

—Déjame aquí.

—… Puedes venir conmigo.

—Uno me espera.

No sé de qué va, no sé si ha levantado un tío en el Minerva. Me huele a mentira. Aparco junto al bordillo. No abre la puerta, ha vuelto la cabeza y me mira.

—¿Cuánto les diste?

—¿Darles? ¿A quién?… Ya. Mucho.

Su mano me abrasa el brazo.

—¿Te gusto?

—… Regular.

Se inclina sobre mí, creo que se va a dar un chapuzón pero su brazo rodea mi cuello y sus lustrosos labios de negra buscan los míos con avidez. La enlazo con furia y mi boca se incrusta en su boca.

Una boca y un cuerpo de negra. Es como un incendio devastador.

Me tira del pelo echándome la cabeza hacia atrás. Se lleva el dorso de la mano a los labios: sangre.

—¿Siempre eres así?

Se pasa la lengua por los labios y se monta sobre mí haciendo prisionera mi cabeza entre sus tetas y sus brazos. El sabor salado, sus labios y su lengua humedecen mi cuello, su boca asciende y su lengua escarba en mi oreja. Susurra:

—... No te arrepentirás. No te vas a arrepentir. Te lo juro.

Sus dientes en mi cuello. Le hundo los pulgares en las axilas.

—¿Por qué querías que te comprara?

Su voz se vierte en mi oído:

—... Hubiera venido contigo por nada.

—¿Por qué?

Me mira a los ojos.

—Ojos oscuros.

—... ¿Oscuros?

—Ahora ya te conozco.

Caigo en la cuenta de que el color de mis ojos debe de ser oscuro. Una gota se desliza por mi garganta, alcanza la clavícula y ahí se detiene. Su aliento cauteriza la herida. Restriego el hocico por su cuello y su nuca. Deslizo las manos por su espalda y amaso su culo duro.

Descabalga deslizando sus manos por mi cuerpo como obligada a marcharse.

Abre la puerta, engancha el bolso y sale. La veo perderse al fondo de la calle, con un caminar deslizante, con el bolso al hombro.

No me apetece arrancar. Prolongo la sesión con el pensamiento. Otra gota se desliza por mi cuello, me concentro en ella, llega a la garganta y se detiene. Me he quedado vacío, debía haberla obligado a venir conmigo.

Ha olvidado una horquilla en el salpicadero. La contemplo. No me decido a alargar la mano para tocarla. La voy a dejar ahí, haciéndome compañía.

4

Las dos y diez en el reloj Mahou que hay sobre la cafetera. Aparece Kinito por la puerta de General Regueira. Kinito es de costumbres fijas. Viene acompañado. Una compañía demasiado madura para lo que Kinito acostumbra: unos treinta, o más, con buena percha, eso siempre; traje café con leche con el cuello de la camisa amarillo cromo sobre la chaqueta y, colgada al cuello, una cadena de oro de medio kilo. Mientras cruzan entre las mesas, la compañía, con las manos hundidas en los bolsillos del pantalón, barre con la mirada, con desdén, a toda la concurrencia; muestra inseguridad, no sé por qué, porque a nadie aquí le importa que él no vaya a pagar la cuenta.

Pongo la mirada en los rodillos y aferro la máquina con las dos manos por la parte de arriba, he levantado los brazos porque prefiero que Kinito no me vea.

El bar y el restaurante están repletos, los currantes han parado para comer. La televisión está a todo volumen, nadie la mira. Cae el nivel de las conversaciones y algunas miradas se vuelven hacia la pantalla: un juez ha citado a declarar a dos constructores de Entrevías. Entrevías está ahí al lado y casi todos los currantes trabajan en la construcción.

Miro por encima del hombro. Kinito y compañía ya se han sentado, en una mesa del rincón, la de siempre, es su mesa desde hace más de diez años. Consultan la carta. Kinito come a la carta.

Los rodillos giran pero no logro concentrarme en lo que sale. Me he dejado un billete. Sólo me queda calderilla. Todavía quedan dos o tres monedas en el cajón.

La camarera les sirve la sopa a Kinito y compañía.

Recojo las monedas, apuro la cerveza y salgo del bar.

Me encaramo al A-4 y enfilo hacia la carretera de Parla y Pinto. Esta tarde he de devolverle el buga a Mora, junto con el primer plazo por Nieves.

Tengo una hora o así, puede que más. Hay poco tráfico, todo el mundo está comiendo. Bajo los dos quitasoles.

Cruzo delante del Minerva sin levantar el pie. No hay ningún coche en el aparcamiento, Kinito se ha movido con su Mercedes. Hago otro kilómetro, giro en medio de la carretera y regreso.

Entro en el aparcamiento, conduzco directamente a la parte de atrás. No hay ningún coche. Giro para pegar el A-4 a la pared, echo el freno. Nadie debe ver el buga desde la carretera, o desde el aparcamiento. Engancho el martillo y salgo del ruedas.

El llavín gira en la cerradura, la puerta se abre. Entro y cierro a mi espalda.

Penumbra. Una de las contraventanas está sólo entornada. Todavía hay vasos sin recoger, las chicas hacen la limpieza por la tarde, antes de abrir. Sé a qué he venido, me muevo con rapidez. Salto por encima del mostrador y voy directamente al cajón del dinero. Pulso la tecla y se abre. Hay algo de calderilla y cuatro billetes pequeños para el cambio. Los ignoro. He visto muchas veces a Kinito sacar los billetes grandes del cajón y echárselos al bolsillo. Levanto la cortina y entro en la zona privada, la guarida de Kinito. Es un pasillo estrecho, con puertas a ambos lados y otra al fondo. Me dirijo directamente a la habitación que le sirve a Kinito de despacho y dormitorio. Mi mano empuña el martillo.

Es una habitación de unos diez metros cuadrados. Destartalada. Un camastro sin hacer, una mesa de despacho, armarios metálicos, pilas de papeles, cajas de cerveza, cartones de tabaco, botellas... Lo que vengo a buscar está sobre la mesa: una caja fuerte, pequeña, portátil. Dejo el martillo sobre la mesa. La caja está cerrada. Se abre con una llave pero no hay ninguna llave a la vista, lo más probable es que ocupe un lugar en el llavero de Kinito. Busco por los cajones. Hay muchos papeles, mucha mierda. En el último cajón me recibe una pistola. La contemplo. No la toco. Kinito tiene amigos policías que le chupan del bar, le han conseguido un permiso de armas. Trato de abrir la caja fuerte pero resulta imposible, se necesita una llave. La cojo, la levanto sobre la cabeza y la arrojo con fuerza contra el suelo. Produce un retumbar sordo. Nada. No creeré que la voy a abrir estrellándola contra el suelo.

Busco por el resto de la habitación. Es un zoco. La mayor parte de las cosas son basura. Kinito no permite entrar a las chicas aquí ni para limpiar, desconozco la razón. No todo es basura, en un rincón, apoyado contra la pared, encuentro un bastón, es de madera negra, debe de ser ébano, y la empuñadura parece de plata, con grabados: tías con alas de libélula merendándoles el trofeo a tíos con pezuñas de cabra. Echo un vistazo debajo de la cama. Me encuentro con un juego de pesas y unas gomas de hacer gimnasia. Kinito va al gimnasio, eso lo sé, son hábitos que no se abandonan. Kinito es pequeño, medirá un metro sesenta, pero es muy fuerte, ha levantado pesas, participó en campeonatos por ahí, siempre lo está contando.

Pongo la caja fuerte sobre la mesa y hago otro intento para abrirla con las manos. Nada. No sé para qué coños me he metido aquí.

Mi vista se detiene en las fotografías de la pared, casi toda la pared está cubierta de fotografías enmarcadas, de las chicas que trabajan o han trabajado en el Minerva, dedicadas. Está la foto de Ruth, Dulce, Fina y Lula, en grupo, sonriendo las cuatro, tiene que ser una foto reciente. Kinito trata bien a las chicas, les paga bien aunque no les sonríe nunca. Tres o cuatro fotografías son de un grupo de fisioculturistas en tanga, exhibiendo su musculatura inútil. En todas está Kinito, es el único que se ha embadurnado, su piel brilla. En una de las fotos, al fondo, aparece el nombre del gimnasio: Max. Otro par de fotos son de una comparsa de Carnaval, Kinito ocupa el centro de las dos fotografías disfrazado de cíngara. Es un buen disfraz, lleva un montón de pedrería encima, resultaría difícil reconocerlo de no ser por su envergadura, es casi más ancho que alto. En las dos fotos, ocupando un lugar discreto, aparece uno de los componentes de la comparsa disfrazado de reina Sofía, con traje sastre, gris, con una jodida minifalda y medias, como si la Reina hubiera salido de palacio a merendar trofeos. Es un fulano alto, aquí resulta difícil apreciar si tiene cuerpo de atleta con ese traje de mujer con el que trata de pasar por la reina Sofía a la caza. Pero estoy seguro de que es la misma reina Sofía que calentó a Ruth con la correa.

Abro todos los cajones de los dos armarios metálicos. Encuentro ropa interior de hombre, de un azul suave, limpia pero mezclada con billeteras, relojes, cordones de zapatos... Encuentro un joyero, de madera roja lacada. Lo abro. Son las joyas del disfraz de cíngara, cadenas, pendientes, pulseras... No entiendo mucho de joyas pero parecen auténticas, que las cadenas son de oro de verdad estoy casi seguro. Es en esas pijadas en las que Kinito se gasta la pasta: en «compañía» con el cuello de la camisa cromo sobre la chaqueta y en joyas de cíngara.

Me detengo, escuchando. He oído abrirse la puerta del bar. Me he entretenido fisgoneando. Será Kinito, se habrá levantado de la mesa más pronto de lo habitual, es de los que toma café y copa. Engancho el martillo y salgo de la habitación, cruzo el pasillo y me escondo enfrente del dormitorio-oficina, en un cuartucho sin puerta; no enciendo la luz, no hay ninguna ventana y no se ve nada. Si Kinito entra aquí tendrá problemas. Espero que haya venido solo.

Le oigo enredar en el bar, oigo como cierra el cajón del dinero, una pausa, lo abre de nuevo y lo vuelve a cerrar. Le ha llamado la atención encontrarlo abierto; debí cerrarlo. Le oigo descorrer la cortina con fuerza y esperar. Luego entra en el pasillo, da dos pasos y se detiene, camina cauteloso, eso me parece, o a lo mejor son sólo imaginaciones mías. No habla con nadie así que ha venido solo. Le oigo detenerse delante de la puerta del dormitorio-despacho, le tengo a sólo dos metros. Me balanceo un poco y miro. Le tengo delante de mí, dándome la espalda. No es Kinito. Es su «compañía» de camisa amarillo cromo sobre la chaqueta. Mueve la mano derecha, lentamente, se dispone a dar la luz del dormitorio-despacho, sin entrar. ¿Qué hace este tipo aquí? Tengo claro que sospecha algo, estoy seguro de que sospecha que hay un intruso en el bar. Salgo del cuartucho. El tipo gira la cabeza porque le ha alertado mi sombra moviéndose. Antes de que gire el cuerpo del todo le golpeo con el martillo en la coronilla, fuerte, apenas ha doblado las piernas cuando le golpeo de nuevo. Se desploma sin soltar un gemido. Me ha visto, así que tengo que terminar lo que he empezado. Le golpeo en la cabeza tres o cuatro veces, todo lo fuerte que puedo, acabo de acordarme de que Kinito no me cae bien, aunque me pase encargos de vez en cuando nunca me permite permanecer pegado a su barra con el vaso vacío.

Éste es un lugar discreto, ya he estado antes por aquí. Giro el volante para salir de la carretera y los neumáticos aplastan rastrojos hasta que me he alejado unos doscientos metros. Me detengo. No salgo del ruedas, debo asegurarme de que el panorama está despejado. Esta carretera no sé exactamente hasta donde llega, enlaza con la que une Parla con Pinto, debe de ir a La Marañosa, o por ahí, no he visto ningún indicador; es estrecha pero está bien asfaltada, flanqueada por cipreses, es como la carretera de un cementerio, pero es bonita.

Cruza un coche…, es un Opel Corsa, blanco gris, lo conduce un tío, se aleja hacia donde vaya la carretera. Salgo del A-4. Abro el maletero y saco la caja fuerte y el pico. Cierro el maletero y deposito la caja en el suelo al otro lado del coche, es una carretera de poco tráfico pero a cualquier conductor le llamaría la atención un tipo trabajando con un pico sobre una caja fuerte. Volteo la caja con el pie. Aferro el pico con las dos manos, lo levanto y golpeo la tapa, con fuerza.

Cinco minutos y me enderezo. Estoy sudando como un currante… La jodida caja se resiste, era de esperar. Le he sacudido más de cincuenta golpes y ni la he abollado. Quizá no logre abrirla, necesitaría un barreno… ¿Un motor?… Sí, es un motor, y se acerca. Vuelvo la mirada… Tarda en aparecer, es un furgón…, un furgón amarillo, creo que es de Segur, va también dirección adonde vaya la carretera, cruza entre los cipreses, despacio, produce un efecto extraño, el amarillo tan vivo con el tono oscuro de los cipreses… Claxonea. Ha sido un claxoneo corto, y me ha parecido que el tipo al volante ha vuelto la mirada hacia el A-4. ¿Ha reconocido el coche? ¿Me ha reconocido a mí? Me encuentro como a unos doscientos metros de la carretera, el tío tiene que tener muy buena vista para reconocerme, sólo ha visto un A-4 en el centro de un barbecho y a una figura junto al coche. Ha claxoneado sólo porque la vida le sonríe. El furgón desaparece al fin. Reanudo mi trabajo de pico.

La puerta de la caja comienza a ceder, lo noto porque los golpes son más blandos y el sonido más sordo, lo mejor es golpearla de lleno, en el centro, olvidándome de apuntar a la cerradura o a las bisagras porque siempre fallo el golpe. Golpeo tres o cuatro veces y la puerta salta al fin. Me enderezo y apoyo el pico en el suelo respirando profundamente, siento el bombeo del corazón, estoy sudando a chorros. Supongo que la puerta es blindada, de buen acero, se ha roto el pasador de la cerradura, no es muy grueso pero debe de ser también de buen acero. Antes de comprobar qué contiene la caja, suelto el pico, saco el pañuelo y me lo paso por la frente y el cuello enjugándome el sudor. Miro a mi alrededor, no se ve a nadie, ni ningún coche. Guardo el pañuelo, me inclino y, empleando toda mi fuerza, hago girar la puerta de la caja con las dos manos. Meto los dedos en el interior de la caja, con cuidado. Toco un montón de papeles. Los pinzo y los saco. Son facturas, recibos, todos a nombre del Minerva o de Kinito, el viudo. También hay algunos billetes. Pequeños. Los cuento. Quinientos sesenta euros.

Son como las cinco cuando llevo el A-4 al Habanera. Le doy las llaves a Feli con cuatro billetes medianos, y que le diga al jefe que todos los días vendré a visitarle. No sé si servirá.

Paso el resto de la tarde en mi garito, tumbado, fumando y sin pensar en nada especial.

A eso de las diez me obligo a salir. A las doce, o por ahí, me pasaré por el Minerva a vigilar mi inversión.

Enfilo hacia el Víctor, a pata. Tengo que comer algo, puedo hacerlo en El Sol que me pilla de paso. La temperatura no ha bajado, aunque tenemos una noche estrellada, sin viento.

Queda una silla libre. Supongo que me la han reservado. Marcial, Barbero, Paco, Gervás el Pequeño y Galindo. Saco un fajo. Barbero reparte. Pasaré por el Minerva a eso de la una.

A eso de las dos me levanto. Me han pelado. Mi Buena Suerte sigue de vacaciones.

5

Ocupan la barra ocho o diez patanes. Lo primero que advierto es que ninguna de las chicas es Nieves. Quizá ha levantado un patán y Kinito la ha dejado hacer el servicio. Kinito se encuentra en su puesto. Le veo con los ojos enrojecidos, recuerdo que se ha quedado viudo; Kinito es muy sentimental; también es muy duro, quizá por eso es tan sentimental.

No voy a comentarlo con Kinito, no es necesario, él tampoco me va a preguntar, pensará que he cambiado de idea, no le gustará pero no voy a decirle que no sé por qué la negra no se ha presentado. Tendré que encontrarla, sino me habré quedado sin inversión.

Kinito atiende personalmente a dos tipos. Nunca atiende a los clientes pero estos dos son la pasma. Hago oír mi voz con un qué hay general y ocupo un lugar en la barra cerca de los dos polis, a su espalda, es el único espacio libre, no he querido que crean que me importa que sean la pasma. Echaré un trago y luego saldré en busca de Nieves. Me arrepiento de haber devuelto el A-4. Le hago una seña a Fina.

Al pasma gordo le conozco, pertenece al padrón de Entrevías, le llaman el Bola, supongo que porque es bastante grueso, recuerda un buey enano, sólo le conozco de vista. El otro pasma es más joven, unos treinta o por ahí, me parece que es uno que se las da de listo, pero no debe de ser muy listo porque le llaman el Asno. Tienen copas delante. El aspecto de Kinito y de los dos pasmas es tenso.

—Hoy elegante —me dice Fina, ha reparado en mi chupa nueva.

—Como todos los días.

—No ha aparecido —me susurra cuando le pido la Golden.

Se refiere a Nieves. Ha volado.

Tampoco se ha presentado Ruth. Sí está Dulce. También Lula. Lula y Fina tienen habitación en la pensión Julia, si Nieves no ha podido venir por algo me lo habrían dicho. No me lo dicen porque no saben nada, sólo saben que se ha evaporado.

Fina me pone la Golden. La abro y echo un trago. Apoyo un brazo en la barra dando la espalda a Kinito y a los pasmas.

Oigo como el Bola le pregunta a Kinito qué es mucho para ti, deja una pausa y repite la pregunta añadiendo un ¿eh?; Kinito no le responde, no sé si se lo está pensando o no le quiere responder; entonces el pasma le pregunta que qué es poco. Lula cruza delante de mí y le pide tabaco a Kinito, éste interrumpe lo que iba a contestar y, poco después, Lula cruza de vuelta con un cartón de Marlboro. Kinito, seco, dice que mucho es todo lo que tiene el Banco de España y que poco es lo que le queda a él después de pagar las facturas. El Bola, cabreado, le replica que es mejor que le duela un poco, creo que se refiere al luto, y que si va regalando llaves por ahí.

Los pasmas mojan el morro gratis en el Minerva y Kinito se lo hace pagar tratándolos como a subalternos. En el mismo tono que siempre emplea conmigo le pregunta Kinito al Bola si va él regalando llaves por ahí. El pasma, que si le ha venido ya a la cabeza algún nombre, ¿él, ella? Unos segundos y oigo un fuerte golpe sobre el mostrador.

Vuelvo la cabeza, si no lo hago parecerá extraño. La guía de teléfonos está sobre el mostrador. Kinito, que elija el nombre que quiera. El Asno no está apoyado en la barra, tiene las manos hundidas en los bolsillos de la chupa, interviene por primera vez soltando, con voz de profesor, que quizá no tiene nombre, sólo un número, o ni siquiera eso, o un nombre para cada ocasión: el de casarse, el reservado para la esquela, o ese que no debe de pronunciarse nunca. El Asno habla despacio, enrollándose, mirando fijamente a Kinito, provocándole, haciéndole ver que no llega a su altura. Es un pasma muy gilipollas. Kinito no está impresionado, responde que la combinación de la caja la tenía en la cabeza y se le ha olvidado, que pasen página. Los dos polis le miran con dureza. Entonces el Bola habla como si lo estuviera leyendo, que no se ha levantado de la silla porque le preocupe su negocio de mierda, que si no le gusta su visita tiene abierto las veinticuatro horas para hacer otra declaración, que hay unas doscientas comisarías, que puede ahorrarse dos dedos de aquella mierda. Se refiere al whisky; Kinito les ha puesto Dyc y no lo ha hecho para ahorrar. Cierra todo el rollo con un ¿me explico? El Asno se inclina hacia Kinito y le dice muy serio que a las ocho hay cambio de turno en la comisaría y puede aprovechar para echar un vistazo y meneársela en las duchas. Kinito le sostiene la mirada.

El Bola repara en mí. Sus ojos me recorren de arriba abajo, sin disimulo. Yo desvío la mirada, pillo la Golden y echo un trago largo. El Asno le habla al Bola pero con la mirada puesta en Kinito:

—Hemos venido aquí para tomar una copa y escucharle. ¿Por qué te parece mal?

Entonces intervengo yo.

—¿En qué guerra has estado?

Me he dirigido a Kinito, como si los dos pasmas no existieran. Kinito me ignora. El Bola ha dejado de mirarme y también me ignora. Suelta un más, venga, seco, para que Kinito continúe hablando. Éste dice que el bastón es de ébano y que tiene la empuñadura y contera de plata, se demora describiendo el grabado de la empuñadura, como si esto fuera muy importante.

Les interrumpo de nuevo, no permito que me ignoren:

—¿En qué guerra has estado?

Kinito continúa ignorándome.

El Bola le pregunta a Kinito si sabe qué animal corre más a larga distancia. No sé a qué viene esta pregunta. Sin darle tiempo a contestar, el pasma contesta por él, el lobo, ¿y luego? No sé qué pretende, como no sea porque tiene algo que ver con las figuras de la empuñadura del bastón de ébano.

—¿En qué guerra has estado?

Kinito vuelve la cabeza y me pregunta de golpe:

—¿La encontraste?

—¿A quién? —respondo al instante, sin saber muy bien a qué se refiere, demasiado a la defensiva.

—A la chica.

—¿A qué chica?

—Ruth.

Los tres me miran fijamente.

—No.

Me ha salido bien, natural. Dulce ha vuelto la cabeza también al oír el nombre de Ruth.

—¿Se te perdió algo en la pensión?

No sé por qué Kinito me hace esta pregunta, quizá les está proporcionando información a los dos pasmas. Debo de mantener el control, no beber como he hecho antes para parecer natural.

—… Pasaba por allí.

—¿A preguntar por ella?

—Entre otras cosas.

—¿Y?

—No la conocen. Andará por ahí, con su maleta.

Estuve en la pensión, quería ver a Nieves. Julia me dijo que Nieves había salido. Ruth nunca ha vivido en la pensión Julia, tiene una habitación por ahí, con Dulce.

—¿Quién te mandó que fueras a buscarla?

Él sabe también muy bien que Ruth no vive en la pensión Julia. No sé detrás de qué anda.

—Tú… ¿No fuiste tú? La próxima vez explícate mejor.

Ahora sí bebo, creo que he quedado bien, ahora los tres están pensando en Ruth por ahí cargada con su maleta. Y Kinito sabe que pasé por la pensión Julia pero buscando a Nieves.

Dejo transcurrir un par de minutos y me pego a la máquina, como cualquier noche. Meto cinco monedas de golpe. Pero esta vez tengo suerte porque no me toca ningún premio.

Golpeo la máquina con la palma de la mano, para que todos adviertan que no me ha dado ningún premio y me he quedado sin monedas. Quiero abrirme; quizá me he pasado presentándome aquí con la chupa nueva que me ha costado medio billete, se la he comprado a Muelas, el gitano.

Saco el fajo y arrojo un billete mediano sobre la barra, hacia Fina, a sólo un metro de la espalda del Bola. Lo pienso y arrojo otro billete.

—Para bombones.

Que os den por culo, no tenéis ni puta idea de quién lo ha hecho.

He venido al Minerva a pata. Por lo tanto me toca regresar a pata. Deben de ser entre las tres y las cuatro. No sé dónde puedo buscar a Nieves, quizá las otras dos angoleñas lo sepan, a una de ellas se la llevó Alvito y a la otra Muñoz. Llovizna. Camino por el arcén derecho, hay menos charcos.

Miro sobre el hombro y veo las luces de un buga que viene en mi dirección. Me levanto el cuello de la chupa, no me vendría mal una gorra. Como un minuto más tarde miro otra vez por encima del hombro y compruebo que las luces del buga avanzan despacio, a mi marcha. Lo tengo como a unos veinte metros. Me ha parecido que ese buga estaba en el aparcamiento del Minerva. Cruzan un par de coches en dirección contraria, hacia Pinto; otro me adelanta, es un Xantia blanco. Miro otra vez y las luces están más cerca. Viene muy despacio, por alguna razón que no imagino no me adelanta. Me mosqueo. Hago un esfuerzo para no mirar de nuevo. Dejo transcurrir quince segundos y miro sobre el hombro: los faros continúan ahí, ahora más cerca. Estoy seguro de que tiene que ver conmigo. Camino otra media docena de pasos y me detengo. Me vuelvo. Hundo las manos en los bolsillos, a ver qué pasa. El buga continúa acercándose, muy despacio. Ahora lo veo bien…, es un Volvo Sport… me parece que granate; cien billetes grandes, o más. Al fin llega a mi altura.

Al volante va una mujer, apenas distingo su cara a la luz del salpicadero, me parece que es joven, me parece que es guapa, y es menuda, tiene pinta de frágil. Me impacta, aunque no la veo bien. No sé por qué pero me impacta. Lo primero que pienso es que me la follaría, allí mismo, pero es un pensamiento mecánico, porque es eso lo que piensas cuando te sigue una tía que no conoces; echo a un lado esa idea, es otra cosa. Hay muchas mujeres, de todas clases. El Volvo cruza casi rozándome, sin detenerse, pero continúa moviéndose muy despacio. Me pongo en marcha, lo alcanzo y golpeo la ventanilla con los nudillos.

—¿Buscas compañía?

La mujer no responde, tampoco vuelve la mirada, conduce con la vista clavada en el parabrisas como si acabara de sacarse el carné. Ahora aprecio que sí es guapa. Su expresión es tranquila, o un poco tensa. Debe de estar buscando un tío; se siente sola. Camino al lado del coche, me inclino apoyándome en él.

—¿Quieres compañía?… ¿Te da vergüenza?… Soy de confianza. Soy Florín, ¿y tú?… ¿Carmen?… ¿Eres Carmen? ¿Me abres, Carmen?

Trato de abrir la puerta, no lo consigo. Me enderezo y meto las manos en los bolsillos porque la voy a dejar. El cristal de la ventanilla desciende un par de dedos.

—¿Me haría usted un favor, Florín?

Ha hablado sin volver la cabeza, como si conducir acaparara toda su atención; su voz suena segura, también delicada, encaja con su aspecto frágil. Me ha sorprendido, sabe mi nombre. Tardo unos segundos en reaccionar.

—… Claro. ¿Qué favor, Carmen?

Parece pensar con cuidado lo que me va a decir.

—… Llevarle un recado a una de las camareras… del bar donde usted acaba de salir.

—¿A qué camarera?

—… Se llama Ruth.

Me enderezo de nuevo, pero ahora no meto las manos en los bolsillos. Ha dicho «camarera» y no «chica», seguro que nunca ha pisado un bar como el Minerva. Apoyo la izquierda en el techo del Volvo mientras camino; aunque llovizna el techo parece seco, debe de ser por el encerado. No busca un tío, esto hace que la mire de otra manera.

—No conozco a ninguna Ruth… Sé de peces…, de perros…, soy pescador, no sé de Ruths. ¿Te sirvo?

He querido dármelas de listo pero no me ha salido, es un arte que no domino. Ahora apenas distingo el rostro de la mujer en la penumbra y eso que nos estamos acercando a las primeras farolas, continúa sin mirar en mi dirección, concentrada en conducir.

—… Tiene diecisiete años… Trabaja en ese bar.

—¿Ruth?

—Sí… Sólo es llevarle un recado.

—No hay ninguna Ruth ahí.

Durante unos segundos no responde, sé que no se ha dado por vencida: ni ha subido la ventanilla ni ha aumentado la marcha del coche. Habla de nuevo:

—… Sin embargo, usted se quedó con sus llaves.

Al principio no sé a qué se refiere. Cuando caigo en ello me quedo tieso. No ha cambiado el tono de voz para decírmelo, lo ha dicho como si fuera una frase más.

—… ¿Qué llaves?

He tardado en reaccionar. Además, a mí sí que me ha salido una voz extraña. Ella se ha dado cuenta de que sí sé de qué llaves se trata. No se molesta en responder a mi pregunta. Después de otro silencio, me pregunta a su vez, en el mismo tono neutro:

—¿Sabe quién le digo?

Lo único que puedo hacer es ignorar lo de las llaves, como si no supiera de qué me está hablando.

—¿Un recado? ¿Qué clase de recado, Carmen?

—Que salga del bar, por favor, necesito hablar con ella.

—… ¿Y quién le digo que eres tú?

—Sólo… Dígale el Volvo Sport. Ella comprenderá.

Me enderezo y hago como si lo pensara.

—Esta noche no ha venido, no está en el bar, Ruth… No creo que venga más al Minerva, se ha despedido.

No responde, parece pensar mis palabras. La lluvia arrecia, trato de abrir de nuevo la puerta del Volvo y me inclino hacia la ventanilla.

—Ábreme, está lloviendo.

El cristal sube del todo. El Volvo aumenta la marcha y se aleja en dirección a Parla. Veo los pilotos convirtiéndose en puntos rojos hasta que desaparecen.

Ahora llueve con fuerza. Camino deprisa, sólo me quedan unos treinta metros para llegar a la primera farola… Esa mujer, quien sea, sabe lo de las llaves, me lo ha dicho… ¿Cómo cojones lo sabe?… A lo mejor sabe lo demás, a lo mejor lo sabe todo. Me pongo a pensar. Pero la lluvia no me deja pensar. Llego a la primera farola y, sin detenerme, me esfuerzo en pensar en ello, pero enseguida me convenzo de que sólo ha sido un tiro a ciegas, una especie de farol, se ha corrido por ahí que Ruth perdió las llaves y ha llegado a sus oídos. Ya no pienso más en las llaves.

Pienso en ella.

6

Chozas es un barrio pequeño de Getafe, está antes de La Herencia, hay que cruzar el entramado de vías por la prolongación de Otero Rubio y seguir luego un camino de asfalto carcomido. Me pilla de paso donde vaya, así que no me cuesta nada pasar por allí.

Los gitanos son gente que no madruga, por lo que supongo que encontraré a Reyes todavía en su garito. Echo de menos el martillo, pero resulta incómodo llevarlo en el bolsillo de la chupa si no estás seguro de que lo vas a necesitar.

Recuerdo el camino por lo que enseguida doy con la entrada del cementerio de coches.

Es más extenso de lo que me había parecido la última vez que estuve aquí, además, lo vi de noche. Es un negocio serio. Nada más entrar, a la derecha, hay una nave como de unos veinte metros de larga, encalada, con luciérnagas en el tejado a las que no les falta un cristal. Se oye el cacareo ronco de dos gallinas.

—Busco a Reyes.

—«Señor» Reyes —me corrige, sosteniéndome la mirada.

Sentada detrás de un grasiento mostrador de madera oscura me ha recibido, ya en el interior de la nave, con los brazos cruzados sobre el pecho y la mirada ausente, la que parece ser la encargada del negocio. No es gitana.

Es una mujer que no encaja ni con el mostrador grasiento, ni con las estanterías metálicas que hay a su espalda, repletas de herrumbrosas piezas de coche. Puedo echarle unos cincuenta años, tiene un cuerpo algo ajamonado pero todavía consistente; en la cabeza luce un pesado flequillo oscuro, demasiado juvenil; la capa gruesa de maquillaje no logra ocultar el nido de arrugas alrededor de sus ojos; bisutería diversa, toda de oro, cuelga de su cuello y de sus orejas.

—El gitano.

—¿De parte de quién, señor?

—Florín.

Deja la silla y desaparece por una puerta.

No sé que le voy a decir a Reyes. He venido hasta aquí como podía encontrarme en cualquier otro lugar. Tengo un negocio propio que resolver: Nieves. Pero lo de las llaves ha hecho que me mueva. No sé qué pensar, esto es lo peor. Pienso que a lo mejor no fue un tiro a ciegas. Si busca a Ruth es porque la conoce, claro está, sabe quién es.

—Pase usted —me invita la mujer que ha aparecido de nuevo en el vano de la puerta.

Entro en la habitación que me parece es la que Reyes utiliza como despacho. Son unos veinte metros cuadrados de escombros, con una docena de sillas que no hacen juego y un montón de los más diversos cachivaches, ninguno de ellos es una mesa. Una ventana al fondo protegida por una reja da a las montañas de chatarra.

—Es a otro Reyes a quien yo ando buscando —me explico, deteniéndome en la puerta.

Delante tengo a un tipo que es también gitano, pero no es Reyes. Éste es maduro y tendrá casi mi corpulencia. Su rostro es palurdo y la mirada que me dedica es hosca. Tiene el aire de los tipos grandes y silenciosos. Está de pie, junto a la ventana, sosteniendo un pitillo encendido entre el índice y el pulgar de su zarpa cuadrada. Los dos Reyes se parecen, en el rostro, supongo que me encuentro delante de Reyes padre.

—Busco a tu hijo.

Antes de responderme, se lleva el pitillo a la boca y da una calada corta.

—¿Para qué?

—Negocios.

—¿Qué negocios?

—De todas clases.

Desde el exterior llega el sonido del motor de un coche, debe de haber entrado en el cementerio. Se oye una silla moviéndose detrás del mostrador en la habitación de al lado.

Reyes se desentiende de mí. Primero vuelve la cabeza hacia la ventana y permanece con la vista puesta en el exterior durante unos segundos, luego cruza sonámbulo a mi lado para detenerse en la puerta entreabierta. Se inclina para mirar hacia la otra habitación. Su campo visual no debe de ser muy bueno porque se inclina un poco más.

—Busco a su antigua novia, la de hace un año, Ruth. ¿Sabes quién te digo? Reyes…, tu hijo, tuvo que ver con Ruth durante un tiempo. Algo entendí que ella le dejó, pero no estoy seguro. Es fácil que se sigan viendo y él sepa dónde puedo encontrarla.

Reyes padre no parece haberme oído. Voy a hacerle la pregunta de nuevo cuando se vuelve hacia mí.

—¿Qué le ha pasado?

—No lo sé. Es lo que quiero preguntarle a tu hijo.

Vuelve de nuevo a mirar hacia la otra habitación.

—Lo han dejado, hace como un mes. Son cosas de chicos.

No sé a qué se refiere con eso de que son cosas de chicos. El Reyes que yo he venido a ver ha cumplido los treinta. Lo han dejado hace sólo un mes, yo creía que más, todavía mejor.

Reyes padre regresa a la ventana moviéndose muy rápido, mira de nuevo hacia el exterior.

—¿Dónde está? Quiero hablar con él. Y es la última vez que te lo pregunto.

—Deja tu teléfono a mi mujer —me responde, sin mirarme.

Se refiere a la encargada del mostrador, por lo visto es su costilla.

Se oye arrancar el coche de nuevo. Reyes retrocede un poco, su mirada flota abstraída.

—¿No viene nunca tu hijo por aquí?

—Él te llamará.

Otros pensamientos ocupan su cabeza, no voy a sacar nada de él. Le contemplo durante unos segundos y salgo de la habitación sin despedirme.

—¿El hijo del jefe, sabemos dónde para?

La mujer continúa detrás del mostrador, como si no se hubiera movido de allí, pero ahora está de pie. Tiene la mirada puesta en la puerta abierta de la nave, es una mirada vacía, como si supiera que por ella ya no aparecerá nada que despierte su interés.

—Aquí no —me responde, sin mirarme.

—¿Dónde?

Gira un poco la cabeza y me estudia con los ojos como tratando de recordar de qué nos conocemos. Deja de mirarme sin haber llegado a ninguna conclusión. Es una invitación para que siga mi camino.

7

Cierro el sobre con los cuatro billetes. Antes de enfilar hacia Monfortinho pasaré por el Habanera. De encontrar a Mora en alguna parte será en su garito, aunque no abre antes de las ocho.

Me esfuerzo en no reconocer que la angoleña se me ha esfumado para siempre, que no le volveré a poner la vista encima. Las otras dos colegas casi no la conocían y apenas hablan español. No sé dónde puedo buscarla. Me parece que he hecho el mejor y más rápido negocio de mi vida, no tengo buena mano para los negocios. A lo mejor la encuentro en cualquier parte, de casualidad, entonces tendré un buen motivo para obligarla a devolverme todo lo que me debe.

Le entrego el sobre a Feli. La encuentro limpiando.

—Es una declaración de amor. Pero no es para ti.

—¿Para mi jefe?

—Me gusta probar. Dile que le daré un sobre de éstos cada par de días. Más o menos abultados según como la tenga.

—Qué romántico.

Siempre que le pase unos billetes, aunque no sean muchos, Mora no me reclamará nada. Todavía puede suceder que Nieves se presente en el Minerva, o que la encuentre desgastando aceras por ahí.

Deben de ser ya las doce. De nuevo en la raya de Portugal, rumbo a Monfortinho. Esta vez en el Mercedes de Kinito. La carga será otras dos negras culodecirco.

Un trabajo de transportista que se está convirtiendo en rutina.

Cuando enfilo la recta que lleva al pueblo diviso ya a las dos putas, sentadas en el poyo en la puerta del Tanga. Son dos negras grasientas y asustadas. El quinqui de chaqueta marrón apoya la espalda en la pared, en el lugar de siempre, como si se lo reservaran.

Entro en la explanada y aparco. Los preliminares de siempre y la firma al quinqui de los dos recibos con la Parker.

—¿Sabes hablar? —le pregunto.

Se limita a clavarme su mirada de asesino, sin responderme.

Indico a las dos negras que pongan las maletas en el maletero y embarquen. Cuando lo han hecho les abro la puerta del buga.

Esta vez no gasto bromas en el viaje de vuelta. Las dos putas no abren la boca. Mejor.

Detengo el Mercedes delante de la pensión Julia. Les indico que desembarquen, que es en el segundo piso, que las quiero ver a las siete en la puerta del Minerva, que cojan un taxi. Se quedan en medio de la acera, con sus maletas. No voy a venir a buscarlas, tengo cosas que hacer y el Mercedes de Kinito me va a ayudar a hacerlas.

◆ ◆ ◆

Conduzco por la carretera que une Parla con Pinto. Cuando llego al cruce de La Marañosa giro a la izquierda. Es la carretera que tomé el otro día buscando un lugar discreto donde abrir la caja, entonces no me fijé en el letrero del cruce, no tenía los ojos puestos en la carretera. Cinco minutos y me encuentro en el tramo de carretera flanqueada por cipreses. Vuelvo la mirada hacia la izquierda, hacia el barbecho donde reventé la caja. Anochece y sólo puedo calcular aproximadamente el lugar exacto donde estuve trabajando con el pico. Si no equivoco la distancia me parece que se encuentra todavía más alejado de la carretera de lo que me había parecido, más de doscientos metros. El tipo al volante del furgón no pudo reconocerme, aunque tenga ojos de águila, de eso puedo estar seguro. Esto me tranquiliza bastante. El A-4 no es un coche corriente, pero sí hay muchos por ahí del mismo tono gris.

Regresar aquí no me ha aclarado nada de lo de las llaves.

Son las siete y veinte cuando precedo a las dos negras en el Minerva. Se han cambiado de pantalones y blusa, los pantalones son uno rojo y otro verde, una camiseta amarilla y otra violeta, las cuatro prendas unas cinco tallas menor.

Sólo están Fina y Lula, con tres palurdos. Hoy tampoco está Dulce. Nieves continúa sin aparecer, no sé por qué todavía tengo esperanza de que se arrepienta, o las cosas se le tuerzan, y regrese al redil. Saludo y presento a las chicas.

—Ésta es Fina y ésta Lula… Fátima y Fátima. ¿Y el jefe?

Sin esperar la respuesta cruzo al otro lado de la barra y aparto la cortina.

Kinito está en su despacho-dormitorio, sentado a la mesa. Todavía tiene los ojos enrojecidos, seguro que ha llorado delante de las chicas, eso le gusta, que le compadezcan. Está leyendo un papel que deben de ser las instrucciones de una caja fuerte portátil que tiene delante, sobre la mesa, recién desembalada. Arrojo las llaves del Mercedes junto a la caja.

—Dos Fátimas… ¿Te han devuelto la caja?

No me responde, ni me mira.

—¿Con toda la pasta?… Hay tipos honrados. Quiero decir… ¿Y Dulce?, no está ahí.

Le pregunto por Dulce pero no por Nieves, no es necesario. Kinito saca el fajo del bolsillo, separa un par de billetes medianos y los arroja sobre la mesa en mi dirección. Los pillo.

—¿No ha venido?

—… Ha vencido su contrato.

Me ha respondido sin mirarme, haciendo girar con cuidado la rueda con los números. Ninguna pregunta sobre Nieves.

—¿Y cómo?

Tarda en llegarme su respuesta.

—… Era amiga de quien no debía.

Se refiere a Ruth. Supongo que se refiere a ella.

—¿Algo más?

—Si tomas una copa la pagas.

—Es lo que iba a hacer. ¿El tipo que se la llevó, no te ha dejado una carta dentro dándote recuerdos?

He estado por decir «dándote el pésame».

—… La escribirá.

Las dos Fátimas ya están currando. Es la primera vez que sirven una copa. Fina y Lula les ayudan a encontrar las botellas y a poner hielo en los vasos.

—¿Os gusta ver… las copas vacías? —pregunta una de las Fátimas a dos palurdos. Fina asiente con la cabeza: lo ha hecho muy bien. Tu primera lección de español. Tendréis que espabilaros si queréis prosperar.

Me pego a una de las máquinas.

Ha transcurrido como una media hora cuando vuelvo la mirada hacia la puerta y no me gustan los arañazos del tipo —en los pómulos y la barbilla— que acaba de entrar, tampoco que lleve las mangas de la camisa por encima de los bíceps. Enseguida me desconcierta que de su boca no salga ninguna palabra, sólo gruñidos. Lanza una especie de ronquido y comienza a destrozar el bar.

Caen las botellas, Larios, Dyc, Beefeater…, las latas de cerveza, las jarras, los vasos, los ceniceros y un florero de plástico… Se lanza sobre la barra y atrapa a Fina por la garganta.

El tipo es sordomudo, ahora me doy cuenta. No habla y seguramente tampoco oye. Es imposible tener una charla amistosa con un sordomudo. Kinito tiene la porra en la mano. Y Fina exhibe ya dos palmos de lengua. Me acerco al sordomudo por la espalda y le golpeo en los riñones, con los dos puños, uno y dos, uno y dos, metiendo todo mi peso. Al tipo no parece dolerle, pero suelta a Fina, se vuelve y viene a por mí empuñando una botella entera, me parece que de JB. Voy a enganchar una banqueta para partirle la cabeza, pero no necesito hacerlo porque el sordomudo de pronto se queda parado a mitad de camino, como si le hubiera sorprendido que alguien le haya golpeado. Kinito se acerca por su espalda y le sacude con la porra en el hombro derecho, el sordomudo deja caer la botella. Sin volverse para saber quién le ha sacudido, corre hacia la puerta y desaparece.

Lula y las dos negras, sin abrir la boca, comienzan a arreglar el estropicio. Cuando han conseguido poner un poco de orden, Lula me sirve una Golden sin preguntarme nada, he visto la seña de Kinito para que me la ponga. Fina continúa sollozando y bebiendo sorbos de agua. Cuando ha bebido lo suficiente se limpia las mejillas húmedas con unas cuantas servilletas de papel y lo primero que hace es ponerme delante otra Golden, ésta corre de su cuenta.

Me pego a la máquina llevando conmigo las dos latas.

Tardo como una hora en quedarme sin uno de los billetes.

Es salir del Minerva y encontrarme de nuevo con el Volvo Sport granate. Está en el aparcamiento, algo separado de los otros coches. Hay alguien en el asiento del conductor. Me acerco a la ventanilla que está bajada hasta la mitad. Sentada al volante se encuentra la mujer del otro día, la de aspecto frágil con un toque especial. La que me habló de las llaves.

Me quedo contemplándola. Siento calor, como si me hubieran cargado la cerveza con algo más fuerte. Una corriente eléctrica, suave, me recorre el espinazo. Me sorprende, hace mucho que no sentía algo como esto, si es que lo he sentido alguna vez. El resto del decorado se desvanece para mí.

No hay mucha luz pero le calculo unos treinta; sus rasgos son delicados y su piel es casi transparente a la luz rosa. Su cuerpo es menudo y frágil. La veo de perfil. Su expresión es tranquila. Es seria. Es serena.

El buga es de calidad. Y ella viste bien, un traje oscuro, azul, de esos de pantalón. Tiene pasta, tiene clase. El aparcamiento del Minerva no es lugar para ella.

Me inclino en la ventanilla y la pregunto:

—¿Lo mismo de ayer?

—… Sí.

No ha vuelto la cabeza para responderme. Su voz suena… como de niña… y también como obstinada…, ésta es la palabra exacta: obstinada.

—Tampoco hoy ha venido —le aclaro—. Ya no vendrá, ni hoy ni nunca, se ha despedido. Ya te lo dije.

Ahora sí vuelve la cabeza. Sus ojos son claros.

—¿Sabe dónde podré encontrarla?

—… Puede.

—… ¿Dónde?

—… No muy lejos.

Mira de nuevo hacia delante.

—Si la ve… ¿me llamará diciéndome dónde está?

—Puede… ¿Por qué?

No contesta, parece buscar una respuesta. Alarga la mano y coge algo del salpicadero, es una tarjeta, la tiene ahí preparada, me la tiende.

—¿Me llamará cuando la encuentre, por favor?

Su voz suena muy dulce ahora, pero también muy segura, como si supiera que lo voy a hacer. Las *llaves*. Es por las llaves. Habla con esa seguridad porque sabe lo de las llaves. Engancho la tarjeta.

—¿Por qué la buscas?

De nuevo parece pensar con cuidado lo que va a decir.

—… Tengo que hablar con ella… Se llevó… algo mío.

Casi no escucho sus palabras; acapara mi atención su rostro de niña, hay clase ahí, ahí hay dulzura… dulzura sobre un fondo duro. Es esa mezcla la que me gusta. Estoy a punto de alargar el brazo para acariciarla, para pasar la punta de los dedos por su mejilla, también por la barbilla, el cuello…

—… Si me llama… tendrá usted una gratificación —añade.

Ahora me mira a los ojos. No sé qué clase de mirada es ésta, pero me calienta la sangre como si hubiera tragado diez copas de golpe.

Arranca muy despacio, sin subir la ventanilla, el Volvo retrocede un par de metros, se detiene y luego avanza lentamente hacia la gravilla. Poco después sus pilotos desaparecen en la carretera, en dirección a Pinto.

8

Un enano de mono azul empuja una máquina barredora en la planta baja de las Galerías, el cable negro se pierde al fondo. Las tiendas y las oficinas no muestran movimiento, los empleados se apoyan amodorrados en los mostradores. Sólo uno de los bares, el Luso, ya ha abierto, tiene media docena de clientes.

La puerta de La Noche de Walpurgis está cerrada. Han arrancado medio metro de zócalo junto a la puerta y han escrito en la pared con spray rojo: *¡Gildo, te amo!* No hay timbre. Golpeo la puerta con el puño. Nadie me abre. Salgo de las Galerías y rodeo la manzana.

La calle posterior es estrecha y está en cuesta. Me detengo delante de una puerta con una placa de metacrilato donde pone: «La Noche de Walpurgis. Cerrado los martes. Proveedores sólo de 11 a 11.30».

Entro. Camino por un pasillo. Huele bastante a humedad pero no se ven manchas de humedad ni en las paredes ni en el techo. Abro una puerta, cruzo un pequeño vestíbulo, luego una habitación almacén con una claraboya que hace las veces de techo; atravieso otro pasillo, cruzo una especie de despacho, abro otra puerta y de pronto me encuentro en el gran salón.

Un par de luces de ambiente permiten ver las mesas y sillas agrupadas junto a las paredes. Copas y vasos, todavía sin lavar, permanecen en apretada formación sobre la barra. En el centro de la pista hay un montón de medio metro de altura de confetis y serpentinas porque ya han barrido. El ambiente está todavía cargado de humo rancio y olores azucarados.

Al borde de la pista puedo distinguir, en la penumbra, el bulto de una mesa atiborrada de carpetas. Me acerco. Sentado a la mesa, con los brazos sobre las carpetas, se encuentra un tipo de cabello gris, con expresión de haber confundido un siete con un as. Me detienen los gruñidos de un perro.

—Calla, Tula —susurro que sólo puede venir del hombre de cabello gris. Parecen los ojos de un pastor alemán lo que brilla bajo la mesa.

—Busco a alguien —le digo, con las manos fuera de los bolsillos.

El hombre cabecea, se despeja la frente con la mano y se queda con la mirada perdida en el tablero de la mesa. Se levanta para contemplar ceñudo la sala vacía en penumbra.

—Se la vendo.

Supongo que se refiere al negocio.

—Busco a una chica —le informo, ignorando su oferta.

Me habla sin volverse.

—Yo también. Yo también busco a una chica, ¿y quién no?, y a un comprador. En cuanto tenga las dos cosas búscame a diez mil kilómetros de aquí.

—Es un encargo, de la familia —continúo informándole—. Diecisiete años, delgada, está muy bien, se llama Ruth. Viene por aquí, a partir de las dos o las tres, o los domingos toda la tarde —el Minerva cierra los domingos—. Estuvo aquí hace dos noches, con su novio, éste llevaba la careta de la reina Sofía. Era Carnaval, ¿recuerda? Quizás anoche también estuvo.

—¿La buscas, eh?

—Sí.

—Bonita, ¿no?

—Sí.

Resopla.

—… Pues para mí todos son iguales, no hay diferencia. Todos han salido del mismo molde… Beben lo mismo, ellos y ellas, fuman el mismo tabaco, visten igual y emplean las mismas cuatro palabras para hablar… Un poco de mierda, eso son, un poco de mierda. Me gano la vida desde los diez años, le llevaba la caja a mi padre que era fontanero… Ellos tienen dinero pero sólo son mierda.

—Es en ese apartado donde yo ando buscando.

—¿Quieres saber algo? —me interrumpe—. Cuando llegan las siete y tengo que abrir esa puerta echo hasta la primera papilla. A veces me meto en mi oficina, cierro con llave y apago la luz… ¿Sabes lo que quiero decir?

—¿La botella?

—¿Botella?, no, qué cojones botella… No pienso en nada, sólo eso, no pienso en nada, como si el resto del mundo no existiera.

—Tiene que cambiar de trabajo.

Suspira de nuevo.

—Sí, tú eres un lince, tengo que cambiar de trabajo

—regresa a su mesa—… Esa chica… La conozco, no sé si se llama Ruth pero viene por aquí, ella y cien como ella, claro que vienen por aquí, todas, y si no es aquí es en el local de al lado, o en el otro. Es lo único que saben hacer, ¡beber y hacer el mono en la pista! es lo que saben hacer… Seguro que es hija de un abogado… o un médico, un notario, o cualquier cosa así…

—Quizás esta noche vuelva.

—Siempre vuelven.

De nuevo pone los brazos sobre la carpeta.

—Vale —me despido—. Si encuentro a alguien interesado en el negocio de discotecas le enviaré por aquí.

—No me moveré de esta mesa.

Me dispongo a echar otro vistazo por las Galerías pero me parece que no merece la pena, casi todos los locales están cerrados.

Ruth frecuenta La Noche de Walpurgis, se lo he oído comentar, viene casi todas las noches después de dejar el Minerva, sólo lo hace para bailar, no buscando un sobresueldo.

Continúo calle adelante. Miro algunos escaparates. Entro en un par de salones de máquinas recreativas y pruebo suerte en las máquinas de bingo. Tres partidas y ganancias de veinte euros. Cambio la calderilla por un billete. No consigo ninguna información, pregunto por Ruth por preguntar, nunca he visto a Ruth pegada a una máquina, no tiene edad para que le guste jugar.

Entro en un bar y pido un café. Me lo tomo, salgo del bar y camino sin rumbo.

Entro en todos los salones de máquinas recreativas que encuentro y pregunto por dos chicas y un chico polaco, Ruth, Dulce y Bielski. Donde está Ruth está Dulce, y donde se encuentra ésta está Bielski. El polaco sí se pega a las máquinas, también es jugador. Medio billete engullido por otras dos máquinas de bingo. Sólo cosecho negativas de los encargados, ninguno sabe de qué les estoy hablando.

Por la noche, a eso de las doce, voy al Avenida.

Hay seis o siete chicas. No están ni Ruth ni Dulce. Tampoco Nieves. La Larga, cuando me ve, muy apurada, me aborda echándose casi encima, quiere que vaya al Bésame Mucho con el encargo de que le diga a Alfredo que no va a ir a trabajar. No le pregunto por qué no va a ir a trabajar, o por qué no se lo dice ella por teléfono; supongo que no se atreve a enfrentarse con Alfredo.

Le doy a un taxista la dirección del Bésame Mucho, está en Entrevías.

Tienen sólo cuatro clientes, cuatro currantes. Las chicas son las de siempre, pero hay una nueva, filipina, o china, una cosita delgada y limpia. Le doy a Alfredo el recado de la Larga, aunque ya sabe que no viene a trabajar porque no se ha presentado. Me mira y me escucha sin comentar nada. Mejor.

De regreso en la Avenida, la Larga me pregunta que qué ha dicho Alfredo y yo le contesto que nada. Entonces me da las gracias y me mete un par de billetes en el bolsillo. Le digo que cuando me dé algo me lo de en la mano; añado que la próxima vez contrate a un mensajero para ese tipo de recados, yo estoy para otras cosas.

—Cuando quieras algo de mí que sea algo especial.

Entonces oigo la voz de Dulce. Ha venido mientras yo hacía el recado. Kinito dijo que la había despedido por ser amiga de Ruth. Parando coches sacará más pasta y tragará menos. Ruth no está. Tampoco Nieves. Dulce le está contando el cuento de *Los Tres Ositos* a alguien, supongo que a dos o tres de las chicas, distingo un pequeño grupo en la dirección de donde proviene su voz. Esperaré a que termine el cuento para preguntarle dónde está Ruth.

Será ya como la una. Esperaré hasta las tres. Las chicas me pagan a tres billetes pequeños la hora, por hacerles compañía, para hacerse respetar, se fían de mí, me entretengo escuchándolas hablar, yo no digo nada, podría contarles un chiste, o cualquier cosa, pero no se me da bien contar chistes. Les digo las horas que he hecho y organizan la colecta.

Dulce dice ahora que papá Oso se dedica a cortar leña y a pescar y que a la familia le va muy bien. Yo también soy pescador, tengo una Kali-Kumman de grafito, pero hace un par de años que no pesco, los peces ya no se acordarán de mí.

Apoyo la espalda en un árbol y saco la cajetilla. Enciendo un pitillo y echo humo. Prefiero otro trabajo que no sea éste, un trabajo en el que tenga que pensar... como mostrarles el buen camino a los romeos, o acompañar a un subastero a machacar cabezas para desalojar pisos. Pero me tengo que conformar con lo que hay.

Cruza un destello azul por Lavín Puente. Van despacio, como buscando, o para que todo el mundo sepa que rondan por aquí.

De vez en cuando se detiene un coche y una de las chicas se zambulle adentro. ¡Si no cenas tendré que darte una purga aunque sé que no te gusta nada!, exclama Dulce; se toma la historia muy en serio. Debe de estar al caer su turno y a lo mejor se me escapa. Arrojo el pitillo y voy donde ella sin esperar a que termine el cuento. Su auditorio ahora es sólo la Portuguesa.

—¿Cómo estás? —le pregunto.

Se vuelve sorprendida.

—¿Eh?… Ya ves…, rifando coño —se las da de viva, creo que no ha cumplido los diecisiete años—. ¿Quieres una papeleta? ¿Te lo envuelvo?

—Busco a tu amiga.

—¿Te debe algo?

—Puede.

—Se ha ido de viaje, y no va a volver.

Me da la espalda y se aleja. La Portuguesa la sigue para no perderse el final del cuento. Podría sacudirle en el culo, pero no quiero hacerlo delante de las otras chicas, se supone que estoy aquí para echarles una mano.

Llega un buga, un Toyota Corolla, conducido por una botella porque pellizca los neumáticos con el bordillo. Se detiene. Dulce corta el rollo y corre hacia él. Abre la puerta y se zambulle adentro. He perdido mi oportunidad.

El Toyota culebrea. Se detiene a unos cincuenta metros, debajo de la marquesina de la gasolinera que ahora está cerrada. No se oye nada. Voy hacia allí. El interior del buga está oscuro. Voy a llamar en el cristal pero no lo hago y abro la puerta del copiloto. Dulce casi se cae, el tipo tiene el hocico hundido entre sus piernas. La cojo del brazo y tiro de ella sacándola del coche y arrojándola al suelo.

—¡Eh! ¿Qué pasa? —grita.

La zarandeo.

—¿Dónde está?

—¿Qué pasa?… ¡Déjame en paz, gilipollas!

La zarandeo con fuerza.

—¿Dónde está Ruth?, ¿dónde se ha metido?

Oigo abrirse la otra puerta del Toyota.

—¡Se fue! ¡Suéltame!… ¡Se ha ido!

—¿Adónde?

—¡No sé!… ¡Con su chico!

—¿Polaco, también? ¿Cómo se llama?

—¡No sé qué es!

—¿Cómo se llama?

—¡Déjame en paz!

—¿Cómo se llama?

Gime.

—… Ren… te… ro.

—¿Se llama así, o le llaman así?

El trompa viene hacia mí, le saco la cabeza, va trajeado, farfulla que Dulce es su mujer. Le empujo con la izquierda y retrocede trastabillando pero no se cae.

—¡Yo… qué coño… sé!

—¿Por qué se ha ido?

La Portuguesa y otra puta se acercan.

—¡Tú eres su mejor amiga! ¡Vamos!

—¡Déjame… joder!

—¡Vamos!

—¡No lo sé!

—¿Es polaco?

—¡Nooo!

—¿Se puso la máscara porque es polaco?

El trompa viene a la carga otra vez. Le golpeo con el puño en el pecho y le tumbo, pero no corta el rollo.

—¿Qué máscara?... ¡No sé... si era él! ¡Pregunta... por la plaza de toros!

—¿De Parla?

—Nooo... Getafe.

Por Lavín Puente cruza de nuevo el destello azul, muy despacio, no nos pueden ver, las luces de la gasolinera están apagadas. La Portuguesa y la otra puta, es Maira, están a sólo diez metros, indecisas. Le retuerzo el brazo a Dulce.

—¿Dónde para tu amiga?

—¡Suéltame, cabrón!

La abofeteo, doble ración. Lloriquea, gime.

—... ¿Para... qué... la quieres?

—Para follar.

Deja de ofrecer resistencia, lloriquea entrecortadamente.

—... En el Yessi... o por ahí.

La suelto. No sé si debo darle un billete. No se lo doy. Hay una parada de taxis al otro lado de los jardines, están casi para uso exclusivo de las chicas. Cuando cruzo junto a Maira y la Portuguesa, una de ellas murmura maricón. No sé quién de las dos lo ha dicho.

Al váter de mi garito hay que entrar agachado porque cae hacia el lado donde se inclina el techo. Cuando me ducho lo hago sentado en una banqueta de madera pintada de esmalte blanco, que luego pongo a secar en el tejado.

Desmonto el sifón de la taza y saco el envoltorio de las

joyas de cíngara que he metido en una bolsa de plástico. Monto el sifón de nuevo. Voy a salir a la calle cuando me acuerdo del bastón de ébano. Lo busco en el armario. Está envuelto en periódicos, en *El Mundo*, que es el periódico que lee Kinito. Lo parto por la mitad y hago un envoltorio con los dos trozos.

En la calle, arrojo el envoltorio del bastón al contenedor de basura.

Me meto en el taxi y le digo que me lleve a Leganés.

Es pronto, no serán las cinco.

El taxi me deja en el centro. Continúo a pata hasta La Serna.

En las lunas de los escaparates veo mi imagen ojerosa y sin afeitar, mi vestimenta es desastrada.

En La Serna no me cuesta conectar con dos viejos del poblado. Espero mientras buscan a cierta gente. Diez minutos después me rodean media docena de morenos, todos tíos jóvenes. No quiero preguntas ni problemas, así que cojo lo que me dan por la bisutería: dos billetes grandes.

Regreso a Parla en el primer autobús de la mañana.

9

Paso el día tumbado. Fumando. Pienso en ella.

La veo. Veo su imagen dentro del Volvo, borrosa en la penumbra, me imagino su mirada firme y también tranquila; oigo su voz de niña, pero también salvaje y segura. Pienso que le digo que me abra y ella detiene el Volvo, abro la puerta y me siento a su lado; esto le hace mostrarse más relajada, todavía más segura porque se siente protegida. Se ríe y me toca el brazo. Entonces me vuelvo hacia ella y le paso el brazo por la cintura.

Ya de noche, me levanto, me obligo a ponerme los zapatos y a moverme.

Entro en El Ruedo, es uno de los tres bares que hay enfrente de la plaza de toros, en Getafe. Sin pedir nada, le pregunto al amigo de la barra si conoce a Rentero, que suele parar en este bar. Se queda mirándome, de forma extraña, algo retraído.

—Ahí al lado —me informa, inclinando levemente la cabeza y volviendo la mirada de soslayo hacia la concurrencia.

Es un portal estrecho, de paredes con azulejos. Huele a matacucarachas y a algo que debe de ser tinta, se oye el traca traca de una máquina que será la de una imprenta. Hay buzones pegados a la pared, sólo una par de ellos tienen la tarjeta con el nombre del inquilino, en ninguno de los dos pone Rentero.

En la escalera me cruzo con una vieja en pijama. Me detengo en la entrada del corredor del primer piso, al que se abren media docena de puertas.

Me dispongo a llamar a la primera de la derecha, cuando escucho voces provenientes del otro lado de la puerta de enfrente. Un hombre y una mujer intercambian, gritándose, un muestrario de insultos. La voz de la mujer es aguda, la de una persona joven que ataca a su adversario abriéndole chirlos en la honrilla. La del hombre es ronca, de copas, sofocada por un cerebro que no funciona con la suficiente rapidez en la búsqueda de palabras.

De pronto la puerta se abre de golpe y sale volando por ella una mujer. «Volando», «volando en mi dirección»: su cabeza golpea mi pecho como si se tratara de la bala de un cañón. La sorpresa me impide evitar el impacto. Salgo rebotado, choco contra la pared y caigo al suelo con la mujer encima. Ésta, con los ojos cargados de pánico, se recupera al instante, incorporándose felinamente para poner distancia entre ella y la puerta, sin preocuparse en averiguar contra qué ha chocado. Yo me incorporo también.

El tipo que ocupa el vano de la puerta, contemplándome con la boca abierta, tiene una jeta tosca, de mentón oscuro. Puedo calcularle unos cuarenta. Su pelo es escaso y los dos paletos que asoman entre sus labios son de caballo. Su cuerpo macizo le sacará al mío un par de dedos. Viste pantalón de mahón y camisa a cuadros con una manga colgando y sin ningún botón. Gotas de sudor, o de agua, salpican el vello de su pecho. Su loción es Estiércol.

La mujer, sin apartar su mirada espantada del fulano, se acerca a mí sin dar la batalla por perdida, aunque procurando que mi cuerpo se interponga entre ella y su rival. Huelo su miedo.

Le calculo unos veinte años. Tiene la tez blanca y los rasgos suaves; llaman la atención sus ojos de almendra, que mantiene bien abiertos, atenta de qué lado sopla el viento.

Lleva puesta una enagua de color blanco, con el encaje descosido colgando sobre sus piernas. En los hombros se le ven los tirantes de un sujetador color carne, no demasiado limpio, uno de ellos le cae sobre el brazo. Cicatrices rosadas le cruzan los dos hombros.

Con la vista clavada en su adversario, la chica se sube el tirante y apoya una mano sobre mi hombro para que ninguno de mis movimientos la tomen por sorpresa.

Me corresponde explicar mi presencia en el pasillo.

—Busco a Rentero. ¿En qué puerta vive?

He hecho la pregunta en tono neutro, porque quiero darle aire de normalidad a la escena.

—Ya no vive aquí.

Es la chica quien me responde, con un tono de reto, pero dirigido al fulano. Éste la fulmina con la mirada. Luego me estudia, duro y cauto. Pregunto:

—¿Desde cuándo?

—¿Quién eres tú? —me pregunta a su vez el tipo en un tono insolente, desabrochándose la correa del pantalón sin desclavar la mirada de la chica. Siento la presión de la mano de ésta sobre mi hombro.

—Quiero hablar con él. ¿Dónde para ahora?

El tipo me estudia de nuevo, pero sin dar muestras de que sus ideas avancen nada.

—¿De qué quieres hablar tú con él?

—¿Eres amigo suyo, tú?

—… Soy su primo, primo por parte de padre y madre. ¿Qué es lo que quieres?, ¿qué pasa?

Inclino la cabeza hacia la chica.

—¿Dice la verdad?

—… Sí.

El tipo mueve la vista hacia ella y yo siento crecer la presión de la mano.

—Entonces tu primo te habrá hablado de mí, soy Florín. Nos conocimos hace tiempo. Tenemos negocios a medias…

—… Sí, claro que me ha hablado de ti —miente, haciendo un esfuerzo para mostrarse relajado—. ¿Florín, no?

—¿Conocéis a Ruth, la chica que anda con él?

Esta nueva pregunta cubre su rostro de desconfianza.

—¿Qué hay con ella?

—Nada. Dile a tu primo que tiene que devolverme lo que me debe. No te olvides.

—¿Por qué no se lo dices tú? —algunas arrugas aparecen en su frente. Comienza a sacar la correa de las trabillas tirando de uno de los extremos, con la mirada clavada en la chica—. Yo no llevo recados. Si te debe dinero, peor para ti. ¿Tú, amigo de mi primo?

—¿Dónde está?

Avanza un par de pasos, sin dejar de mirar fijamente a la chica, enrollando la correa en su mano, la hebilla en el extremo libre. La chica tira de mi hombro.

—¿Su amigo? Estás empezando a fastidiarme, tío. Ya estás sobrando aquí.

—¿Va a volver?

—A Rentero ha venido a buscarle la policía esta mañana —interviene la chica, sosteniéndole retadora la mirada a su rival—. Pero hace mucho que no viene por aquí.

—¡Tú, cállate! ¡Ven aquí tú!

El fulano levanta la correa mientras alarga la otra mano sobre mi hombro; la chica retrocede, tirando de mí y arrastrándome con ella. La hebilla hace zumbar el aire y roza mi mejilla, sin alcanzar a la chica.

—Déjala en paz —le advierto al tipo, acompañando mis palabras con una mirada especial.

—¡Aparta!

Levanta la correa de nuevo y yo cierro los puños. Pero no va a descargar el golpe, trata de dirigir su furia contra la chica y yo ocupo un segundo plano para él. Es un fulano incapaz de manejar dos asuntos a la vez.

Su comportamiento me recuerda al de reina Sofía, en el manejo de la correa. Deben de ser primos de verdad.

Baja la correa y apunta a la chica con el dedo.

—¡Eres mi mujer, tú! ¡Y hago contigo lo que me da la gana! ¡Te voy a zurrar! ¡Porque quiero! ¡Porque yo quiero! ¡Vas a aprender, tú!

La chica parece intuir que se queda sin escudo porque suelta mi hombro y se aleja corriendo hacia la escalera.

El fulano se mete los faldones de la camisa dentro de los pantalones, observándola alejarse, furioso.

—Cuando te agarre no te voy a dejar un hueso sano —la amenaza entre dientes—. Espera.

Da media vuelta y entra en el piso, cerrando de un portazo.

La chica, al final del pasillo, ha apoyado el hombro en la pared y mira hacia la puerta cerrada.

Cuando cruzo a su lado continúa mirando hacia allí, mordiéndose la uña del pulgar.

Me detengo en el portal pensando que puedo preguntarle de nuevo a la chica si conoce a Ruth, si sabe dónde puede parar. Voy a subir de nuevo al primer piso cuando, proveniente de allí, oigo los golpes de unos nudillos llamando tiernamente a una puerta. Doy media vuelta y regreso a la calle.

Todavía no son las doce pero en el Víctor han montado ya la partida. Ocupo una de las sillas.

Sólo necesito un par de manos para darme cuenta de que no logro concentrarme, de que estoy en otra historia. Sé que la Buena Suerte tampoco hoy me estaba esperando en la puerta del bar, una voz al oído me dice que no va a venir. No acabo de entrar en el juego, tampoco me esfuerzo demasiado, no me concentro aunque no sé qué pensamientos son los que me impiden concentrarme. Pienso en Nieves y en Ruth. Pero no es eso. Ocupa mi atención ese Rentero, desconozco la razón, hay algo extraño en ese tipo, algo que no acaba de encajar, como su actuación en el Minerva, no fue normal, no fue la de un tipo que sólo quiere un poco de juerga.

Me quedan cinco billetes pequeños. Digo que tengo que madrugar y me levanto.

Me dejo caer por el Yessi.

Es un bar un peldaño por debajo del Minerva. Se encuentra en El Barrial, en la carretera de Griñón, término municipal de Fuenlabrada. Está en una fila de casas bajas, como una casa cualquiera, con macetas en el balcón encima de la puerta; el rótulo no es luminoso, es sólo una tabla con el nombre y una bombilla roja encima.

La barra no es muy larga pero la atienden cuatro chicas; no las conozco, son mayores, unos cuarenta o por ahí, muy pintadas, muy ceñidas pero no gordas, no están de moda las gordas. Hay una docena de clientes, currantes de los alrededores, no son jóvenes. Ninguna de las chicas es Ruth. No es un bar a su medida. A lo mejor la otra gilipollas me ha engañado.

Pido una Golden. La chica que me atiende viste un niqui verde perejil un par de tallas menor, tiene las tetas en punta, como cuernos, o como productos de huerta, berenjenas, pepinos, o algo por el estilo. Advierte que le miro la mercancía, pero tiene que estar acostumbrada.

—¿Quéeee?

No sé si no ha entendido lo que le he pedido.

—Aquí no tienen esa marca.

La voz ha sonado a mi espalda, es una voz de mujer que casi parece de hombre de lo grave que es, me suena a conocida. Cuando miro sobre el hombro me encuentro con Norma, encaramada en una banqueta, con las piernas cruzadas, con minifalda, exhibiendo sus muslos de ballena, enseñando casi el matojo. No la he visto hasta ahora porque se interpone entre nosotros un palurdo, aunque es una mujer grande. Me acerco a ella. Tendrá unos cincuenta, o puede que más, y sigue en el tajo. La encuentro estropeada, hace meses que no la veo, como si hubiera estado enferma, o como si una noche su rostro y su cuerpo hubieran advertido los años que tienen y se hubieran arrojado de cabeza a la vejez. Le daba a la mandanga, pero supongo que lo dejó.

—Eh, Norma… ¿Cómo andas?

—Bien. ¿Y tú?

—Aquí voy. —La chica que me atiende está esperando—. Una jein, en botella… Bebe conmigo —invito a Norma.

Me da un repaso rápido con la mirada, de arriba abajo, se preguntará si tengo pasta para pagar. A ella nunca le he pedido nada, que yo recuerde. Su maquillaje es espeso, y la vestimenta, la forma de cruzar las piernas y de sostener el pitillo apoyando el codo en la barra, la perjudican más que la favorecen, ya no pasa por una mujer con clase, ahora es un jodido esperpento. Sin mirar a la chica, como con clase, le pide un Jack Daniels con dos gotas de Drambuie. Le enciendo el pitillo. Expulsa el humo con fuerza.

—Te mantienes —le digo.

—Tú también… —mira sobre mi hombro—. Me habló de ti Filipucci… ¿Qué te ha sacado del Minerva?

—Negocios.

Me contempla, pasiva.

—… Busco a alguien… Ruth.

Expulsa más humo. Está pensando.

—¿Una niña?

—Sí.

—... Por ahí hay una Ruth con calcetines.

—¿Dónde?

—... Por ahí.

—Por ahí.

Debe de estar calculando si merece la pena proporcionarme más información.

—... Parando coches.

—¿Dónde?

—... Conozco a su hermana... Con clase. Si es la misma Ruth que se te ha perdido.

No sé si hacerle otra pregunta o dejarle que continúe hablando. El Yessi es un bar a su medida, Kinito no le permitiría pegarse a la barra del Minerva.

La puerta del bar se abre de golpe e irrumpen dos pasmas de uniforme, detrás lo hacen dos de paisano.

—¡Documentación! —pide uno de los de paisano a todos los clientes. Es bajo, para poli, con gafas montadas al aire y expresión de mala leche.

—... Sindy... del Zombi's —murmura Norma.

—¿Madrid?

Se ha producido el silencio en el bar, los palurdos sacan nerviosos sus billeteras. El pasma de gafas les ignora, cruza a nuestro lado hacia el fondo del bar. Le miro a los ojos y él se detiene sosteniéndome la mirada. La chica que me ha servido cruza delante de mí moviéndose también en aquella dirección. El pasma deja de mirarme y continúa adelante. Recuerdo esa jeta, la he visto un par de veces por ahí, pegado a la barra del Play Girl, ese pasma es algo especial para Sonia.

Unos minutos y el pasma regresa, la chica también lo hace; de nuevo el pasma se detiene delante de mí clavándome la mirada, como si yo fuera el único cliente del bar. Le tiendo el carné, lo coge sin dejar de mirarme a los ojos. Norma no ha hecho ademán de abrir el bolso.

—¿Has cambiado de zona? —me pregunta el pasma, con desdén de chulo.

—Algo así.

—Aquí no vas a sacar una copa.

—Es un amigo —interviene Norma.

El pasma la ignora, sus ojos continúan taladrándome, luego arroja el carné sobre la barra, no se ha molestado en mirarlo, da media vuelta y los cuatro pasmas salen del bar.

Los palurdos se relajan, nadie comenta nada, como si los pasmas no hubieran estado aquí. Se arman de nuevo las conversaciones.

—¿Qué buscan? —le pregunto a Norma, recogiendo el carné y guardándolo en el bolsillo.

—… ¿Te llamas Rentero?

Rentero. Necesito ver este nombre escrito en mayúsculas dentro de mi cabeza. Es el nombre que me ha dado Dulce, el tío de Ruth. Me pongo en guardia. Me esfuerzo para que Norma no advierta nada. Ni siquiera pillo la jein para disimular.

—¿Quién es?

Norma deja el pitillo en el cenicero, sin apagarlo.

—… Puro Madrid.

Engancho ahora la jein, a la vez que miro a Norma haciéndole ver que su respuesta me sabe a poco.

—… El que se cargó a ése en el Minerva. ¿No lo sabes?

—Mi expresión en blanco es ahora de verdad—. Los periódicos, además de servir para envolver, traen noticias.

Bebemos. Hablamos de conocidos comunes. Aunque mi mente está ocupada por Rentero, por Ruth, por el Minerva, por el tipo de la camisa cromo, por Kinito...

No tardan en producirse entre nosotros un par de silencios prolongados, no se me ocurre nada más que pueda comentar con ella, sabe que soy un tío de pocas palabras.

Un par de minutos más tarde, echo unos billetes sobre la barra, le digo a Norma hasta la próxima, regalándole un poco de mi cara de palo, y me abro.

Es salir del Yessi y cruzarme con un par de destellos azules. Se mueven despacio, están buscando a alguien, a ese Rentero, el tío de Ruth. O sólo pretenden hacerse notar.

Reina Sofía. Ya ha pasado el Carnaval, ahora es Rentero... El Volvo Sport... Fijo mis pensamientos en ella.

Quiero oír su voz. No me conformo con pensar en ella. Quiero oír ese tono suave y preciso, quiero oír sus palabras justas, diciéndome cosas.

Entro en una cabina. Marco el número que viene en la tarjeta que me dio. Sólo viene un nombre, Irene, y un número con el 91 delante, sin dirección. Está amaneciendo, serán cerca de las siete. Al tercer timbrazo me responde una voz de hombre, educada:

—Dígame.

—Irene.

Unos segundos de silencio.

—¿De parte de quién, por favor?

—Soy Florín.

—Un momento, por favor.

Es un tío muy educado, ha dicho dos veces por favor. Transcurre más de un minuto.

—¿Sí?

Reconozco su voz: suave y precisa, nada adormilada, como si hiciera rato que se ha levantado.

—Soy Florín... Ya encontré eso.

No dice nada, a lo mejor no sabe de qué le estoy hablando. Añado:

—... Para en un bar... en Fuenlabrada.

—¿Qué bar?

Me ha respondido rápido, sabe de qué va. No sé qué bar, no he preparado la conversación. Levanto la mirada, delante tengo un bar, La Palomilla, con toda la pinta de estar cerrado hace años.

—... La Palomilla... Hablamos de algo de dinero.

—¿La Palomilla?

—Sí.

—¿Qué calle es?

Qué importa la calle.

—No sé el nombre de la calle. La Palomilla. No tiene pérdida. En Fuenlabrada.

—¿Cómo sabe que puedo encontrarla allí?

—He tomado una copa con ella, allí mismo.

—¿Anoche?

—Sí. Dos copas.

Silencio.

—... Llámeme dentro de cinco minutos.

Y cuelga. ¿Qué le ocurre?

No salgo de la cabina. Cinco minutos. Necesito la pasta que me prometió. Necesito también un sobre, por la tarde me pasaré por el Habanera. Marco de nuevo su número. Me responde su voz.

—¿Sí?

—Florín otra vez.

Se vierte en mi oído su voz de niña que conoce todas las respuestas:

—Ese bar hace más de un año que está cerrado. Es imposible que haya estado usted con ella anoche allí tomando una copa.

Y cuelga. Me quedo con el auricular en la mano, oyendo el zumbido.

10

Desde las nueve, dos horas delante de la pensión Aragonés, en el 16 de Luis de Góngora, dentro del R-19 que me ha prestado de nuevo Rubín.

Es el último lugar donde se me ocurre buscar a Ruth. No es una corazonada, es sólo que no sé dónde más puedo buscarla. No es el dinero que me prometió, y que no sé si me lo dará, sino el sentimiento de haber dejado una cuenta sin cerrar, de que ella se haya quedado con la última palabra.

La pensión Aragonés es uno de los garitos donde las chicas alquilan la cama, siempre la eligen la primera porque, cuando les da pereza levantarse, les permiten quedarse a dormir. La Noche de Walpurgis cierra los martes y a Ruth le gusta dormir.

Mis razonamientos a veces son buenos. Serán pasadas las once cuando la puerta del 16 se abre y aparece Ruth.

Lo ha hecho de pronto, quiero decir que me ha cogido de sorpresa, cuando tenía el pensamiento en otros asuntos. Sin detenerse, sin pensarlo, toma a su derecha y se aleja, caminando con decisión. Le doy a la llave de contacto.

La chupa que hoy lleva puesta es muy bonita, es una

mezcla de colores vivos, y debe de abrigar porque parece una de esas chupas caras de lana; debajo lleva el vestido azul suave; no lleva pantys ni medias y por ahí tiene que entrarle el frío. Ruth puede vestirse como quiera porque su cuerpo es bonito y su forma de moverse única. Su imagen alejándose tan deprisa, a esta hora, con todos esos colores, resulta como si yo la viera en un sueño.

Hemos hecho unos cien metros cuando arrimo el R-19 al bordillo con la idea de dejarlo aparcado porque me parece mejor seguirla a pie y abordarla. Pero no lo hago. De pronto me extraña verla caminar tan deprisa, y tan temprano para ella, lo normal es que cogiera un taxi. Necesito saber adónde va, es de suponer que irá a su garito, que estará por aquí cerca y por eso no ha cogido un taxi. Me pregunto si vivirá con Rentero.

Su paso es deslizante, parece como si huyera de algo, pero nadie, salvo yo, la sigue porque no echa miradas por encima del hombro. No se dirige a su garito, entonces no caminaría tan deprisa.

Dobla una esquina. Giro yo también, unos treinta metros detrás de ella. La calle es más ancha, con árboles sin hojas en ambas aceras, Mauricio Robledo dice una placa.

Camina unos cincuenta metros por la acera de la derecha y cruza la calzada. Se dirige a uno de los coches aparcados al borde de la otra acera. Es el Ibiza butano. Levanto el pie.

Saca unas llaves, abre la puerta del conductor y se mete dentro. No arranca. Levanta los brazos y se sujeta el pelo con una cinta azul. Arranca. He creído que Ruth no sabía conducir, que no podía conducir porque no tiene carné, no puede tener carné, no ha cumplido los dieciocho.

Le concedo diez segundos y me pongo en su estela.

No puedo adivinar adónde va, quizás ahora sí va a su garito… Vamos por Gómez de la Serna… hacia Basterra por San Juan… Poco después, enfilamos la rotonda por Carlos de la Torre… Y, un minuto más tarde, sale de la rotonda para entrar en el carril de aceleración de la autovía: dirección Toledo.

He perdido la oportunidad de abordarla, en la autovía resulta imposible hacerlo. Echo un vistazo a las reservas de gasolina, suficiente para seguirla hasta Toledo, si es allí donde va.

La sigo… ¿y? ¿Qué le voy a decir? Nada. No voy a hablar con ella, sólo tengo que averiguar dónde va y decírselo a la cosita del Volvo… Continúa sonando su voz en mi oreja: «Es imposible que usted haya estado en ese bar con ella» y el clic al colgar.

Conecto la radio. El Ibiza delante, como a unos cien metros, siempre tres o cuatro coches entre nosotros. El cielo está alto.

… *El Gran Combo de Puerto Rico*, dice una locutora… *y la Charanga Habanera*. Cambio el dial.

Unos diez minutos más tarde el Ibiza, inesperadamente, toma la salida de Illescas, sin dar el intermitente. Levanto un poco el pie y me meto en el carril de la derecha.

Cruzamos Illescas, creo que nos dirigimos hacia la carretera de Ugena.

He acertado. El tráfico en esta comarcal es nulo. Me acerco más a ella. Me estoy planteando cruzar el R-19 delante del Ibiza y obligarla a detenerse. En esta carretera no tardará en advertir que la sigo y puedo perderla, el Ibiza seguro que se encuentra en mejor forma que el R-19.

Acabo de apretar el acelerador cuando el Ibiza gira a la izquierda tomando un camino de tractores que se pierde entre barbechos. Levanto el pie. Mi única opción ahora es dejarla distanciarse.

Giro el volante y tomo también ese camino.

¿Adónde nos dirigimos chupando polvo? Es un misterio. No serán todavía las doce, demasiado pronto para Ruth y para mí. En contra de lo que puede parecer, a lo mejor a Ruth le gusta el campo, quizá ha nacido en alguno de estos pueblos, en Yuncos, o en Cedillo. No se me ocurre otra cosa. Además, ahora estamos retrocediendo, acercándonos de nuevo a la autovía.

Al fondo aparecen las copas sin hojas de un pequeño corro de árboles, creo que son chopos, el camino enfila hacia ellos.

El Ibiza cruza frente a la chopera, sin detenerse. Unos doscientos metros adelante se ve una casa. Parece una casa grande, de paredes encaladas pero con grandes desconchados. Se encuentra a sólo unos veinte metros del talud de la autovía.

Reconozco esa construcción, me acaba de venir a la memoria: es un viejo club, ya cerrado, el Girls. Pura mugre.

Ahora caigo, el trozo de calzada asfaltada que cruza delante del club es la vieja carretera. Un antro al que la construcción de la autovía envió al retiro, como a tantos otros negocios. El par de veces que me acerqué aquí, hace cuatro o cinco años, lo hice por la carretera, la nacional cinco, sin embargo, ahora me ha costado reconocerlo.

Es a esa casa donde Ruth se dirige.

Saco el R-19 del camino y lo meto entre los chopos. Salgo del coche y busco un buen puesto de observación. Apoyo la espalda en un tronco y echo mano a la cajetilla, pero la vuelvo a guardar pensando que a lo mejor Ruth continúa adelante.

No. El Ibiza deja el camino, o la vieja carretera, y maniobra delante de la casa. Es una casona parecida a la del Tanga, de esas manchegas, con una sola planta y tres ventanales enrejados en la fachada principal. Las cuadras y corrales han desaparecido, queda sólo en pie el cuerpo principal de la casa. Desde aquí parece abandonada, puedo ver parte del techo hundido, aunque la puerta y las tres ventanas tienen toda la madera y están cerradas. El luminoso ha desaparecido, el cebador todavía cuelga de los cables encima de la puerta. Resulta lúgubre. Creo recordar que el negocio echó el cierre hace un par de años.

El Ibiza se ha pegado a la pared de la casa, buscando la estrecha franja de sombra del alero, aunque el sol no calienta nada. Ruth no baja del coche. Parece esperar a alguien.

¿Por qué ahí? Es un lugar extraño, estratégico por la proximidad de la autovía, pero extraño.

El sol gastado trepa con esfuerzo por un cielo azul intenso; a la sombra hace frío.

No ocurre nada. El tiempo se desliza.

En veinte minutos dos coches, un Ford Sierra y un R-5, cruzan por la comarcal, lo hacen de largo, hacia Griñón, ignorando el camino.

Quizá Ruth tiene la idea de alquilar el Girls. Aunque me parece que es demasiado joven para meterse en negocios. Sería la explicación lógica: ha quedado citada aquí con el actual propietario para tratar de negocios. Necesitará hacer una buena inversión: reparar el tejado, reforzar las vigas, cambiar las puertas, reponer los cristales… Quizá le eche una mano Rentero. Pero la autovía ha dejado fuera de servicio ese club, en una situación parecida al Oasis, el antro que hay a la salida de Toledo entre los dos ramales de la autovía. No puede ser ésta la razón de que se encuentre aquí. Además, es una hora extraña para esta clase de negocios.

Una furgoneta blanca, una Ducatto puede ser, con cortinillas de colores, sale de la autovía tomando la comarcal. La sigo con la mirada. La furgoneta, al acercarse al camino, reduce la marcha, gira y lo enfila, bamboleante. Me oculto entre los chopos.

Pienso que la furgoneta es conducida por la persona que Ruth está esperando. Hace cien metros de camino y se detiene.

Las dos puertas se abren y saltan afuera tres fulanos, parecen gitanos, dos de ellos jóvenes y fornidos y el tercero de más edad, con un sombrero descolorido protegiéndole la pelota; saltan con ellos dos galgos blancos. Uno de los gitanos jóvenes lleva una escopeta.

Caminan en mi dirección. Se detienen: han visto el R-19. Siento no haberlo ocultado mejor entre los chopos. Intercambian algunas palabras, sin apartar su mirada del coche; el gitano de la escopeta avanza media docena de pasos. No me muevo. Su mano izquierda cuelga del cinto por el pulgar, dando a entender que no tiene prisa. Un minuto y los tres gitanos se cansan de mirar, salen del camino y se alejan, cruzando el barbecho, volviendo dos o tres veces la mirada sobre el hombro, seguramente tratan de localizar al conductor del R-19. Sueltan los galgos.

Furtivos. Buena hora para llenar el puchero: el campo es un sepulcro.

Transcurre como otro cuarto de hora. Un Volvo aparece en dirección de Batres. Al acercarse al camino reduce la marcha y el intermitente izquierdo parpadea, aunque no tiene ningún coche delante o detrás. Es la cita que Ruth está esperando. Es un Volvo Sport granate. Me pongo en guardia. Siento el corazón. No voy a esconder el R-19, la furgoneta de los gitanos obstruyendo el camino llama mucho más la atención.

El Volvo fabrica polvo al entrar en el camino. Al llegar a la altura de la furgoneta se limita a reducir la marcha, a salir del camino aplastando rastrojos, y a retomarlo.

El Volvo cruza frente a la chopera. Cuando compruebo que la mujer que lleva el volante es Irene, una nube helada se abate sobre mí. Lo primero que pienso es que me ha utilizado, me ha utilizado diciéndome mentiras. Esta mañana quería que encontrara a Ruth. ¿Qué está haciendo aquí?

Juega conmigo. No logro comprender la razón… O quizá no. Quizá… quizá Ruth la llamó después de que ella hablara conmigo, entre las siete y las once. Es posible. No sé qué pensar.

Ella es la cita. Puede ser la propietaria del Girls. Cuando yo lo visité tenía varios propietarios, tres o cuatro socios, del padrón de Madrid. Pero estoy seguro de que no es una cita de negocios.

El Volvo sale del camino y aparca detrás del Ibiza, también en la franja de sombra que se ha ensanchado un poco. Irene sale del coche. Traje sastre, de falda esta vez, gris. Siempre elegante, siempre perfecta. Ruth sale también del Ibiza.

Las dos mujeres se quedan una frente a la otra, en silencio, enseguida comienzan a hablar y, poco después, a discutir.

Me gustaría conocer el motivo de la discusión, que enseguida se está tornando agria, pero resulta imposible acercarme a ellas sin que me vean. El tono de Ruth es muy crispado; Irene habla menos, y ahora su voz no suena aniñada, es seca y precisa. No entiendo las palabras de ninguna de las dos. Una frente a la otra, Ruth gesticulando con aspereza, moviéndose sinuosa alrededor de Irene que la escucha contenida.

Miro por encima del hombro: los gitanos regresan a la furgoneta, los galgos les siguen con medio metro de lengua colgando. Desde su posición me parece que no pueden ver la casa, aunque quizás oigan las voces.

El tono de la discusión alcanza la crispación. De pronto Ruth se calla y retrocede, Irene va hacia ella, la coge por los brazos y la zarandea, luego le sacude un fuerte bofetón, o un puñetazo, con la derecha. Ruth se lleva la mano a la mejilla. Da media vuelta y corre hacia el Ibiza, abre la puerta y se arroja adentro. Irene camina hacia el Ibiza, despacio pero muy decidida. Ruth la contempla al otro lado del parabrisas, sin moverse. Irene trata enérgicamente de abrir la puerta del copiloto pero no lo consigue. Ruth arranca de golpe con chirrido de neumáticos llevándose a Irene casi por delante, arrojándola al suelo. Se oye un estampido seco. El Ibiza entra en el camino y enfila hacia la comarcal a más de cien, culebreando y envuelto en polvo. Veo cómo Irene se incorpora, con la mirada puesta en el Ibiza, su mano derecha sostiene algo de color negro.

La furgoneta está haciendo la maniobra, lo hace lentamente. Es seguro que los gitanos han oído el disparo, lo han tenido que oír, y puede que hayan presenciado toda la escena. Pero no quieren problemas, la furgoneta alcanza ya la comarcal y gira a la derecha para tomar la autovía.

Segundos después el Ibiza cruza delante de la chopera. El polvo casi me impide ver el rostro de Ruth conduciendo, muy pálido, muy concentrado. Alcanza la comarcal y desaparece hacia la autovía.

El Volvo tarda todavía unos minutos en cruzar delante de mí. No lo hace deprisa, lo hace a unos cuarenta por hora. Puedo ver el perfil de Irene, nada alterado, abstraído. Alcanza la comarcal y gira a la derecha para tomar hacia Madrid.

11

Pido un café. Estoy en el Luna, en Mauricio Ortiz. Digo también que me den la guía, la de Madrid. Trato de grabarme en la mollera que la llamé por la pasta que me prometió. Hice mi trabajo. No me dejó replicarla, podía haber equivocado el nombre del bar, o ser otro bar con el mismo nombre. Logré averiguar que Ruth para coches en la Avenida. Una información que a ella no le sirvió de nada. Ruth pudo llamarla desde la pensión nada más despertarse, para citarse en el Girls. Pero no me cuadra, de ser así Ruth no se habría levantado tan pronto, la cita habría sido mas tarde.

No sé si me han oído, espero a que me traigan la guía, los camareros están muy ocupados sirviendo cafés y copas. Hay un ejemplar de *El Mundo* sobre la barra. Es la edición local, la primera página se refiere al asunto de Getafe que hace un par de días dieron por televisión, alguien ha metido la mano en la caja de una empresa, sale la foto de un patán de aspecto agitanado, es como si acabara de varear aceitunas y se hubiera puesto el traje nuevo para hacerse la foto; se llama Manuel Mañueco. Uno de los camareros deja la guía delante de mí, la engancho y me siento a una mesa.

Me lo tomo con calma. Encontrar una dirección por el número de teléfono es cuestión de paciencia, de no tener otra cosa que hacer, y yo estoy sobrado. No me he afeitado, los camareros comienzan a mirarme de reojo así que iré empalmando cafés.

Tardo casi dos horas en encontrar la dirección. Es una calle de Entrevías: Almansa 6; el teléfono viene a nombre de Manuel Mañueco. Caigo en la cuenta de que es el nombre del patán que sale en el periódico. No pienso en nada.

Diez minutos y el taxi se detiene delante de una cancela muy alta, de doble hoja, con chapas metálicas soldadas a los barrotes que impiden ver lo que hay al otro lado. La tapia tiene casi tres metros de altura, es blanca, se alarga unos treinta metros a derecha e izquierda. Le doy un billete al taxista y le despido, no sé cuánto me voy a demorar.

En una de las jambas, la de la derecha, hay una chapa de metal dorado con dos nombres: Manuel Mañueco e Irene de Mañueco. Clavo el pulgar en el botón del timbre. Espero. Medio minuto y oigo el carraspeo del portero automático, seguido de una voz eléctrica de hombre.

—¿Quién es?

—La señora... ¿está?

—¿Quién eres?

—Florín...

—Espera.

Transcurre un minuto. Nuevo carraspeo del portero y:

—No está.

La comunicación se corta. El tipo me ha tuteado, como

se tutea al chico de la tienda. Clavo el pulgar en el botón, lo mantengo apretado hasta que de nuevo oigo el carraspeo del portero automático.

—Soy Florín, del Minerva. Vengo a por el dinero que me deben.

La voz no replica, se corta la comunicación. Habrá segunda parte. La pasta ha sido un buen pretexto para venir. Gratificación lo llamó ella. La quiero ver, quiero mirarla a los ojos, quiero oírla tratándome de usted y pidiéndome ayuda. Quiero saber de qué va, por qué me pide que busque a Ruth cuando la tiene al alcance de la mano.

La cancela se abre de golpe y aparece un tipo pequeño, de expresión ácida; viste un mono azul, limpio, con cremalleras; no se queda en la puerta, sino que sale para encararse conmigo, en la derecha empuña lo que parece el mango nuevo de un pico.

—¡La señora no está, la casa está vacía! ¡No vuelvas a tocar ese timbre!

Me indica el timbre con el mango del pico, lo hace para que yo esté seguro de que está dispuesto a partirme la cabeza.

—¿Cogiste tú el teléfono?

—¡No tenemos teléfono! ¡Largo de aquí!

—Los dos nombres de esa placa, ¿no está ninguno de los dos?

No se molesta en mirar la placa.

—¡No hay ninguna placa! ¡No vuelvas a llamar!

Me da la espalda dispuesto a desaparecer por la cancela. He despedido el taxi y no he venido aquí para nada. Pongo la mano en uno de los barrotes para impedirle cerrar. El tipo se vuelve disparado por un resorte y me pone el garrote debajo de la nariz. En ese instante se oye el carraspeo del portero automático.

—Déjele entrar.

Una mujer me introduce en un salón diez veces mayor que mi garito. Ella se encuentra al fondo, junto a un ventanal, medio vuelta hacia lo que debe ser el jardín. Está a contraluz, pero por primera vez la veo de cerca de cuerpo entero y con buena luz. El resto del salón se desvanece. Queda sólo su figura, junto al ventanal, a contraluz, medio vuelta. El universo se concentra en ella.

Es menuda y bien hecha, con un culo pequeño. Parece frágil, pero no lo es, hay energía en ese cuerpo. Lo mismo sucede con su rostro, es delicado, suave, como el de una muchacha, o una niña, pero tiene un par de rasgos, no sé cuales, puede que sean los labios un poco alargados, o la posición de la cabeza, recta, sin inclinarla, que le dan madurez y carácter. Todavía no la he visto sonreír, o relajada, no sigue el camino fácil de lo que sus rasgos indican. Viste como siempre, con sencillez y elegancia, un vestido verde pálido ahora, con un cinturón estrecho de un verde algo más oscuro.

No sé si me ha engañado, si me está utilizando para algo especial, o si Ruth la llamó nada más despertarse. Es lo que quiero saber y voy a averiguarlo.

Espera a que la mujer desaparezca para mirarme de frente, lo hace sin volverse, girando sólo un poco la cabeza. No se mueve de donde está para preguntarme:

—¿Cómo me ha encontrado?

Es a lo que me refiero, su voz suena aniñada, pero la pregunta es como una orden, de alguien que se considera muy por encima de ti. Me desconcierta. Es lo que me gusta de ella, me gustan las mujeres que tienen algo de niñas. Tiene menos edad de la que le eché cuando la vi en el coche, puedo calcularle sólo unos veintidós o veintitrés. Me gustaría abrazar ese cuerpo, sería como tener un pájaro vivo en la mano.

—Sé buscar a las personas —la replico—. Sólo quiero mi dinero. Lo echo al bolsillo y me abro.

—Usted... usted me mintió.

Gira ahora todo el cuerpo y viene hacia mí, despacio, titubeante, como si hubiera necesitado llenarse de valor para hacer frente a mi mentira. Hace sólo unas horas la he visto disparar contra Ruth, lo hizo a un par de metros de distancia. Casi estoy por creer que no es la misma persona.

Se detiene a unos tres metros de mí. Ha titubeado como si temiera acercarse, sin embargo, me mira con sus ojos claros, es una mirada fría que no hace juego con su indecisión ni con su voz. Es a lo que me refiero.

—No del todo... Para en el Yessi, en Getafe. Yo la he visto allí, y he hablado con ella.

—¿Por qué... por qué usted me dijo entonces aquel otro lugar?

—Es igual un nombre u otro. Se me había olvidado. Para por esa zona. En el Yessi. ¿Tienes el dinero?

Sostiene mi mirada, parece calcular si le estoy diciendo la verdad. No replica. Juega sus cartas. Yo soy un mal jugador en el trato con la gente. He insistido con dureza en lo de la pasta, pero ha sonado a falso. A lo mejor piensa que estoy aquí sólo por ella. No me importa. Mejor que lo piense.

—… ¿Por qué no la denunciaste? —le pregunto—. ¿No dices que te quitó algo?

No me contesta, su expresión adquiere cierta rigidez, no sé si la está forzando.

—¿Te robó?

Niega con la cabeza.

—… No podía… no podía denunciarla. Ni me lo pude plantear.

—¿Por qué? La policía está para personas como tú.

Sus labios se agitan un poco.

—Ruth… Ruth es mi hermana.

—¿Tu hermana?

Sí, he oído bien. Su hermana. Es lo que ha dicho.

Delante no tengo nada. Las piezas se han dispersado. Tengo un juego entre las manos al que no sé jugar.

No me ha contestado.

—¿Hermana?

—… Sí. —Y añade—:… Sólo quiero saber que se encuentra bien, que está bien, que no está metida en problemas… y hablar con ella, si es posible. ¿La… la ha visto usted?

No sé qué decir, qué es lo que anda buscando. Ruth está bien sólo porque ella hace dos o tres horas falló el disparo. Por eso sigo sin comprenderla, no sé qué quiere de mí.

Avanza otro paso, sin dejar de mirarme a los ojos. Continúa llamándome de usted, no sé si es porque no lo puede evitar, por educación, o para guardar las distancias, no encaja ni con el tipo que me abrió la cancela empuñando el mango de un pico, ni con una hermana vendiendo coño al borde de una acera. Ni con ella empuñando una pistola.

Mis ojos se detienen en su rostro.

—… Así que tu hermana.

—Sí.

—¿Cuántas hermanas sois?

Ahora su expresión es de humildad.

—… Dos.

Sindy del Zombi's. El mundo da muchas vueltas, Sindy. Conocí el Zombi's en mis tiempos de Madrid. Hago memoria y trato de verla en un número vestida de colegiala, por eso siempre me parece que está actuando, pero no logro situarla del todo. Encaja que siga sacándole partido a aquel papel. Este pensamiento hace que me sienta más seguro.

—No he venido sólo por la recompensa. —Capta mi nuevo tono porque instintivamente levanta un poco las manos—. He venido para verte a plena luz.

No le voy a desvelar que sé quién es, que conozco sus números vestida de colegiala, que piense que soy un tío listo que no se traga su representación.

—… ¿Ha hablado con ella? ¿Cómo está? ¿Está bien?

Hace la pregunta con esa humildad que encaja con su mirada. Miente bien, si no hiciera apenas un par de horas que la he visto zarandeando a Ruth me lo habría tragado. Te voy a seguir el juego, Sindy la colegiala, falda supercorta y sin bragas. Tú y yo estamos al mismo nivel.

—No, no he llegado a verla. No he tomado una copa ni he hablado con ella. Alguien me dijo que para en el Yessi. Cuando fui allí no estaba. Se está escondiendo, buscan a su amigo.

—¿Quién le busca? ¿Qué ha sucedido? ¿Qué le ha pasado?

Finge estar muy asustada, incluso palidece un poco.

—A ella nada. Es a él a quien buscan.

Se lleva la punta de los dedos a los labios, como si hubiera estado a punto de decir una palabra prohibida.

—¿La… la policía?

—Sí.

—¿Por… qué? ¿Por qué la policía?

—… Se cargó a alguien. Él, no ella. Eso dicen. Son sólo rumores.

Parece de verdad impresionada.

—… Un tal Rentero —añado.

Ese nombre tampoco parece decirle nada. Su mirada atemorizada flota, como si se hubiera quedado sin ideas, y palidece un poco más. Da media vuelta, lentamente, y se acerca de nuevo al ventanal, no sé si lo hace para no tener que mirarme a la cara. Se detiene volviendo un poco la cabeza hacia el jardín, cruza los brazos sobre el pecho. Ésta no es la reacción de una madre, o de una hermana mayor, ante los problemas de una hija, ha reaccionado como si fuera un negocio. Voy tras ella.

—¿Le conoces?

Transcurren unos segundos. Me habla sin volverse:

—… Ruth me habló de él… Sí, me habló de él demasiado… No le conozco… Ella se… se marchó…, dejó la clínica con él.

—¿Qué clínica?

Vuelve la cabeza, me mira con extrañeza.

—Eso no importa ahora. Él trabajaba allí. Luego ella vino aquí, la tuve conmigo unos días… Me quitó las joyas para dárselas a él, lo sé… estoy segura, lo sé muy bien. Ruth es muy joven, casi una niña… No me gusta, no me gusta esa persona, ella nunca haría algo así por ella misma... —descruza los brazos y se vuelve del todo. Sus ojos encuentran de nuevo mis ojos—. No sabe cuánto me gustaría que lo dejara.

Sí, su voz continúa siendo de niña, pero no el tono, tampoco éste es de madre o de hermana mayor, es demasiado preciso, demasiado frío, como si lo enfriara la luz que entra por el ventanal. Es la primera noticia que me llega de que Ruth haya estado de pensión en una clínica, no tiene aspecto de enferma, ni de haberlo estado. ¿Otra mentira? No se droga, eso lo sé, tampoco traga demasiado. Todo lo que ella me dice resulta forzado. Ahora tengo la impresión de que es a este punto de la conversación donde ella quería llevarme: Rentero.

—Yo he visto a tu hermana llenando copas en una barra, no en el equipo de baloncesto del colegio. Te costará conseguir que lo deje. ¿Qué se te ocurre?

No es por ahí, no sé qué coño digo, qué rollo estoy metiendo, le llevo la contraria para oírla hablar y que me tenga en cuenta. Sus problemas con su hermana o con ese Rentero no son asunto mío. Lo mío es que me ha engañado y que me debe dinero, debo centrarme sólo en eso.

Su mirada navega, parece pensar en otra cosa, ajena a lo que le he dicho. Habla, como para ella:

—... Sólo tiene diecisiete años. Es tan joven.

Eso ya lo he oído, son palabras que no pesan nada.

—¿Y te preocupa?

—... Ruth es sólo una niña. Resulta mucho más vulnerable de lo que parece. Usted no lo puede comprender.

—A lo mejor es por lo que necesita a ese tipo.

Otra vez sus ojos encuentran mis ojos.

—... Desearía que me hiciera usted otro favor.

—¿Me vas a pagar el primero?

—Sí, por supuesto.

—¿Qué favor?

Nueva pausa, lo piensa. En tono relajado, me dice:

—Me disculpará un momento… ¿Quiere alguna bebida?

—No.

Cruza junto a mí y sale del salón.

No sé qué se trae entre manos.

Aprovecho para echar un vistazo al decorado. La madera de los muebles y del parqué es roja y el metal a la vista parece plata. La moqueta debe de tener tres o cuatro dedos de espesor. Las lámparas, hay cuatro o cinco, son de pantalla y todas tamaño grande. Sobre los muebles se muestra una buena colección de fotografías en portarretratos, en todas aparece ella, montando a caballo, jugando al tenis y con traje de cazadora y escopeta. No tarda en regresar; trae en la mano un sobre grande, marrón claro, abulta bastante. Lo deja en la mesita que hay entre los dos.

—… Es todo de lo que puedo disponer. Dígaselo… Dígale que quiero verla, que necesito verla… y que deje a ese individuo, porque ésa es una pésima elección. Dígale que le daré este sobre, para que regrese a la clínica, o puede quedarse a vivir conmigo, si quiere.

Habla ahora con decisión, segura. No he comprendido si le dará el sobre a Ruth cuando la vea o cuando deje al novio.

—¿Cuando le deje, o cuando venga por aquí?

—… Las dos cosas, por favor.

—¿Billetes grandes?

—… Espero… espero que sea suficiente. No dispongo de más.

—… Si la policía no ha dado con ellos, ¿crees que lo voy a hacer yo? Tu hermana no volverá por el Yessi o el Minerva, sabe que les están buscando.

De nuevo me mira a los ojos, serena.

—Lo sé. Pero usted, usted sí la encontrará. Usted sabrá hacerlo.

Ha hablado despacio y claro, para que yo lo entienda bien.

—¿Por qué?

—Porque usted sabrá dónde buscarla. Usted conoce a todo el mundo. Usted puede preguntar.

—Sí, yo puedo ir por ahí preguntando. Pero cuando me hablas me suena como si conocieras todas las respuestas, me suena como si siempre adivinaras las preguntas que te voy a hacer. Sin embargo todavía no has respondido a la primera: ¿por qué no fuiste a la policía cuando te robó? —No dice nada. Pero me ofrece su mirada tierna—… Ese individuo, ese Rentero, está con ella —me doy cuenta de que sólo estoy buscando una salida con más palabras—. Ésta es una buena información para la policía. Les resultará más fácil dar con ella que con él. Ahorrarán tiempo y dinero. Es ahí hasta donde yo puedo llegar.

—… Quizá lo haga. Quizá, después de todo, recurra a la policía —hace una pausa sin desviar su mirada que absorbe la mía—. Pero antes quiero estar segura de que mi hermana no está implicada en nada grave, que no la buscan también a ella, ¿comprende?

—Ya… Sí, comprendo. La encuentro y ¿qué le digo?…

Eh, Ruth, tu hermana tiene un sobre que abulta mucho, parece dinero —ahora me obligo a pillar el sobre y a agitarlo para no tener que mirarla a los ojos—, aunque quizá son sólo recortes de periódico, si cambias de novio sólo tienes que ir a su casa a recogerlo.

No se deja atrapar o no comprende de qué le estoy hablando, su expresión ahora es ausente, como si se sintiera sola en la habitación y se dijera a sí misma cosas en voz alta.

Pone su mano sobre mi mano que sostiene el sobre.

—Entrégueselo usted personalmente. No es necesario que ella venga a verme si no quiere, o que regrese a la clínica. Que se aleje de él, que emplee el dinero para irse, para cambiar de vida... Yo sólo quiero que no tenga problemas, que sea feliz.

Sopeso el sobre, para no perder la iniciativa, como si estuviera pensando en algo.

—¿No se ha puesto en contacto contigo? ¿Desde cuándo?

—... Es mi única familia y por eso significa mucho para mí... ¿Tiene... tiene usted familia?

—¿Desde cuándo?

—... Desde hace... tres meses. Tuvimos... Es muy orgullosa..., yo no soy tan orgullosa.

No son mucho más de las dos, hace sólo tres horas vi cómo disparaba sobre ella, ahora le ofrece dinero. Le indico el mobiliario reluciente.

—¿Y esto?

Me mira sin comprender. Mis ojos recorren su cuerpo, de arriba abajo.

—Si logro encontrarla y darle este sobre, lo que contenga irá a manos de ese Rentero. Querrá más. Es echarle carne picada a un perro.

—… No tengo más.

—¿Qué se llevó tu hermana?

—… Joyas.

—¿Valían?

—No… Fue el hecho de que me las quitara. Me asustó. Mi mirada se sumerge en sus ojos. No la rechaza.

—… Ella tiene su orgullo. ¿Y tú… qué es lo tuyo?

—¿Yo?… ¿Qué tengo yo?… No sé… ¿Por qué lo quiere saber?… Supongo que yo soy una persona… No sé… ¿Cauta?

—No es suficiente.

Arrojo el sobre en la mesa, voy donde ella, la engancho de la cintura y la atraigo hacia mí. Me inclino y aprieto mis morros contra los suyos. No opone resistencia, sólo se deja hacer, sin colaborar. Pero su boca arde. Su cuerpo es duro y caliente.

Se separa de mí sin brusquedad. Su mirada se ha tornado fría.

—No se engañe. Un beso no nos pone al mismo nivel.

—Conozco el Zombi's. Sólo los tarados entran allí. Muéstrate como eres y nos entenderemos… Sindy.

Mantiene mi mirada. Es una mirada dura y fría. Su expresión no refleja el nombre «Sindy». Me toca moverme. Engancho de nuevo el sobre, para hacer algo, para disimular que no he adelantado nada; lo sopeso, lo echo otra vez en la mesa.

—Necesitarás mucho más. Les vi representar una escena, no hacían teatro. Tu hermana es demasiado joven para cambiar a un hombre por dinero.

Se toma su tiempo para responderme. Al fin musita:

—… Entonces tendrá que encontrar otra fórmula —el tono de su voz no se ha elevado pero se ha hecho muy firme—. Estoy decidida a que cambie de vida, a que deje a ese hombre, si sigue con él la destrozará.

—¿Por qué no mejoras ésta?

Me mira. Ha comprendido. Coge el sobre, se acerca a mí, lentamente, sin apartar su mirada de mis ojos. Oculta el sobre a su espalda. Hay determinación en su rostro, tengo delante a Sindy la colegiala, como si hubiera bajado del escenario representando su papel. Pega su cuerpo al mío y su brazo ciñe mi cintura, apoya el rostro en mi pecho. No sé qué hacer, mis manos se mueven detrás de ella, indecisas, sin tocarla. Levanta la cabeza y su voz, ahora de mujer, musita:

—Llegaré hasta donde tú quieras.

Gira lentamente su cuerpo pequeño e intenso, sin despegarse de mí, lo hace para que lo sienta y para mostrarme el sobre lleno de dinero; su nuca se apoya en mi pecho, me coge la mano y levanta mi brazo cruzándolo sobre su pecho, con el sobre ahora debajo, forzando un abrazo. Permanecemos así, su cuerpo pegado al mío, no lo siento, sólo me llega el calor, como si abrazara una llama.

—… Mátalo.

Ha pronunciado la palabra en voz baja, pero firme y clara, de niña, de niña que pronuncia por primera vez una palabra prohibida. No logro asimilar lo que acabo de oír.

—¿Qué has dicho?

Su cuerpo gira de nuevo entre mis brazos, sin despegarse de mí, baja la mano con el sobre y oculta éste a su espalda, restriega sus mejillas contra mi pecho, como un gato; echa la

cabeza hacia atrás, levanta el brazo, cruza la mano detrás de
mi nuca, me inclina la cabeza y pone sus labios sobre los míos.
Mis manos se apoyan en su cuerpo, siento sus costillas debajo
del vestido, los latidos de su corazón, como si la tuviera en el
cuenco de las manos. Puedo abrazarla con fuerza y hundir mis
morros en su boca, pero me contengo, todavía no estoy del
todo a su merced. Espero a que deje de besarme. Susurro:

—... ¿Qué has dicho?

No contesta. Me mira con expresión de niña esperando
el perdón.

Es aquí donde ella quería llegar. No le interesa Ruth.
Sólo Rentero.

Deslizo mis manos por su espalda, la abrazo con fuerza
y hundo mis morros en su boca. Aprieta sus muslos contra los
míos. Mi mano desciende por su espalda y mi zarpa estruja su
culo que es como una piedra caliente.

Oigo abrirse la puerta. Se separa de mí, sin brusquedad.

Ha entrado en el salón un hombre de unos sesenta años.
Su vestimenta, un batín con brillos, coincide con su rostro
agitanado, pero no con su aire de patán, de ganarse la vida
vareando aceitunas. Reconozco al dueño de la casa, el marido
de Irene, el Mañueco de los periódicos y la televisión. No sé
si ha llegado a sorprender nuestro morreo, su expresión plana no indica nada. Irene está tranquila, como indiferente. Me
tiende el sobre.

—Es mi marido... —le mira—. Florín. Ya se iba.

Miro al patán como para confirmarle que ya me iba. El
patán también me mira; su tez es áspera, su mirada de hielo.
Engancho el sobre. Para salir tengo que pasar junto al patán;
continúa mirándome, su expresión se ha tornado sombría.

Al cruzar a su lado, le tiendo la mano, yo que nunca doy la mano. Él no mira mi mano, mira mis ojos, saca el puño, me coge de sorpresa y paro el golpe con la barbilla. Es una coz. Aterrizo. El sobre ha volado de mi mano. Me incorporo despacio, no quiero que me atice de nuevo; el tipo está crispado, tiene los puños y los dientes apretados, dispuesto a golpearme otra vez. Recojo el sobre de la moqueta, sin dejar de mirarle. Irene domina la escena, no se altera. Coge a su marido del brazo y le retira para dejarme el camino libre para pasar. Ahora la expresión del tipo se ha desmoronado; saca un pañuelo y se lo lleva a los ojos.

—Será mejor que se vaya —me dice Irene.

El tipo abulta el doble que ella; me da la espalda, no ha guardado el pañuelo.

Levanto el sobre mostrándoselo no sé a quién y salgo de allí.

No parece que haya una parada de taxis por aquí cerca. No tenía que haber devuelto el R-19 a Rubín. Camino sin saber adónde voy. A la vuelta de una esquina encuentro una parada de autobús. Espero. Estudio el sobre. Está bien cerrado, no hay nada escrito en él; pesa. Llega un autobús y me encaramo a él, cualquier lugar donde me lleve estará bien. Va medio vacío. Ocupo un asiento al fondo, sin compañía.

Rasgo el sobre y echo un vistazo al interior. Billetes. Billetes grandes. Saco un fajo. Son de los grandes, de cien. Los cuento. Son cuatro fajos de cincuenta billetes. Hay un sobre pequeño, blanco, no está cerrado. Saco su contenido, son fotos, unas diez fotos. En todas sale Florín: abriendo con una

llave la puerta del Minerva, entrando, saliendo con el envoltorio de las joyas y el bastón, subiendo al R-19... Hay una
foto en la que no sale Florín: sale sólo la compañía de Kinito,
la compañía con el cuello de la camisa cromada sobre la chaqueta, entrando en el Minerva. No hay ninguna foto de él saliendo.

Ella sabía que me llevaría el sobre, y que lo abriría para
echar un vistazo a su contenido. Sabe que me quedaré con el
dinero y que mi álbum personal me obligará a moverme.

No sabe que con ella hubiera sido suficiente.

12

Le pregunto a una vieja con un pitillo en la boca por la chabola de Norma. La barbilla peluda me indica una chabola de bloques, apartada de las otras chabolas.

Llamo a la puerta que está entornada. No espero a que me contesten, abro del todo y entro.

—¿Norma?

Al primer golpe de vista no la reconozco, ha saltado de la cama, desgreñada y sin maquillar, le cuelga la barriga, el matojo es ceniza. Hay alguien en la cama con ella, un viejo. Es la auténtica Norma, vieja, desgastada, un desecho. El resto del decorado es como ella, inmundo. Norma se apresura a ponerse una especie de bata.

—¡Fuera de aquí! ¡Fuera!, ¡fuera!

Salgo. No quiero que se ponga histérica porque necesito que me dé información. Me dan igual sus clientes, o su aspecto, sólo quiero hablar con ella.

Aparece. Su melena es como un huracán, las raíces son grises. Norma ha cumplido los cincuenta. Una arpía.

—¿Qué cojones quieres? ¿Qué haces aquí?

El viejo se ha quedado dentro. No estoy seguro de que

sea un cliente, quizás es su marido, recuerdo que Norma está casada. No hay nadie a la vista, es demasiado pronto.

—Sigo buscando a esa chica, Ruth.

Esto la calma algo, pensaba que venía a otra cosa, no sé a qué. Su expresión se ablanda un poco.

—… Ya te dije lo que sé. Anda por ahí.

—El Rentero ése que andan buscando, es el tío de Ruth, ¿qué hay con él?

Se queda mirando hacia el horizonte donde amanece, como si ver amanecer fuera más importante que mi pregunta; su cerebro está trabajando. Debía haberle dado más cuerda.

—¿No la buscas a ella?

—A los dos.

Deja de mirar el horizonte.

—Es él quien te interesa.

—Sí.

—¿Por lo del Minerva?

—No. Por otra cosa.

Estudia mi rostro. No me importa que me tome por un chivato.

—… Sé menos de él que de ella.

—Más alto que yo, menos barriga y buenos hombros.

—… Sí, le he visto una vez; mucha figura pero otro donnadie. —Yo soy un donnadie para Norma, debe de ser la hora de decir las verdades—. No sé dónde para.

Han aparecido un hombre y mujer, miran hacia nosotros. Norma se aleja hacia la parte de atrás de la chabola, no sé si no quiere que la vean conmigo o sin arreglar. La sigo.

—¿Para qué quieres a la chica?

—Para follar.

Me mira, trata de leer en mi rostro si digo la verdad. Tiene que darle igual.

—Medio billete.

—Medio billete, ¿qué?

—Yo.

—La quiero a ella.

Me mira con dureza.

—No sé dónde para.

—¿Y la Sindy ésa?

—¿También te la quieres follar?

—Sí.

Me estudia, no parece creer que merezca la pena darme esa información. Debía haberle ofrecido algo de dinero. Habla:

—… Es la mayor… Estuvo en el Zombi's, un par de años, yo paraba por allí. No sé qué ha sido de ella, hace tiempo que no la veo. Tampoco la conocía demasiado.

—La otra noche la conocías muy bien.

—Te dije que la conocía algo más que a Ruth, tampoco mucho.

Saco un par de billetes y se los tiendo. De nuevo su expresión se endurece.

—Guárdatelos, si no te sirvo yo. Vete de aquí.

—Es por lo del donnadie. Es la primera vez que me lo dice una puta.

Es como si le hubiera arrojado ácido al rostro.

—… ¡Hijo de puta! ¡Fuera de aquí!

Guardo los billetes y la engancho de la muñeca.

—¿Dónde para? ¿Dónde está?

—¡Suéltame, cabrón! ¡Suéltame!

Trata de zafarse pero yo le retuerzo el brazo.

—¿Dónde?..., ¿dónde?

Se lo retuerzo con fuerza, doblándole el cuerpo, bajándole la cabeza hasta casi tocar el suelo. Si no habla le partiré el brazo.

—... En... la... Avenida.

—Yo no la he visto por allí.

Dos puntos más al retorcimiento de brazo.

—... Tú... no... ves nada... ¡Cabrón!

La suelto. Saco los billetes, voy a arrojárselos pero lo pienso mejor y vuelven a mi bolsillo. Solloza, está hecha una bola en el suelo.

—... Hijo de puta..., hijo de puta...

Serán como las doce cuando me levanto para arrimar el morro al grifo. La luz del cuarto de baño me despeja bastante y tardo en atrapar de nuevo el sueño.

A eso de las dos repito la operación. Luego fumo un pitillo sentado en la silla, con la espalda recta y sin cruzar las piernas, estoy como una visita en mi propia habitación.

He soñado. Me he despertado recordando vagamente los sueños, sueños intensos y sombríos...: tenía cama en una pensión atiborrada de inquilinos, cada habitación, interior, de apenas diez metros cuadrados, era compartida por cinco o seis sujetos *sin cabeza* que, pese a ello, respiraban profundamente... Y otras escenas agobiantes por el estilo. Pienso en lavarme la cara, pero es demasiado pronto para despejarme del todo.

A eso de las tres me levanto de nuevo para arrimar el morro al grifo. Me quedo sentado en la banqueta como si me hubieran sucedido muchas cosas durante el sueño.

Abro la ventana. La tarde madura. Sopla noroeste. El cielo está plano y pesado, se aprecia la inclinación de las gotas de lluvia delante de la fachada oscura de Galerías Sisema. Por la noche, si la temperatura baja, la lluvia se convertirá en nieve. *Lubricantes Repsol. ¡Fssshhhh!… Coliseum: Huida del planeta de los simios*, acaban de encender los luminosos. Saco la cabeza buscando la lluvia y el aire frío.

He de pasar por el Víctor, necesito transporte.

Lo veo cuando cruzo delante de un quiosco, en primera plana: la foto de Mañueco, el patán, el marido de Irene. Es en *El País*, en la parte de abajo. Veo la misma foto también en *La Razón*. Saco un billete.

—Un periódico.

—¿Cuál?

—Cualquiera de esos.

Mañueco es presidente del Entrevías, pero también es constructor y está acusado de falsedad en documento mercantil, estafa y fraude a Hacienda, no tiene que ver con el fútbol. Ha adquirido todas las papeletas para unos cuantos años de trena.

Encuentro a Muelas —serán como las seis— en una cocina sombría de cinco metros cuadrados, sentado a una mesa con platos sucios y restos de comida, delante de un tazón de café.

—¿Cómo va eso?

—Bien.

La luz la proporciona una bombilla en el techo, de las de poca potencia. Hay una ventana cuadrada de unos treinta centímetros de lado, la tarde resbala al otro lado del cristal sucio y astillado. El Muelas lleva puesto un albornoz granate deshilachado. Sin embargo, está perfectamente afeitado, locionado y muy repeinado. Pálido, con grandes ojeras violáceas. Le sucede algo, no sé exactamente qué, si está enfermo o si le han dado una paliza, aunque no tiene marcas en el rostro, serán negocios. Ha sido el pretexto para visitarlo.

No parece entusiasmado, así que me alegro de no haberle traído una botella.

—¿Quién te hizo la cura?

No me mira, pero se queda pensativo: le ha sorprendido mi pregunta.

—… Colegas.

Tengo pasta pero no se la voy a ofrecer, le daré un par de billetes si me los pide.

—Debes cuidar ese hígado.

Se limita a coger el tazón con las dos manos y tragar un poco de lo que está bebiendo. No sé si el hígado tiene algo que ver con lo que le sucede.

—Manuel Mañueco. ¿Te dice algo?

Me mira. No contesta. Levanta de nuevo el tazón y bebe otro sorbo.

—¿Qué sabes de él?

—… Ése está muy arriba.

—Ahora sale en los periódicos.

—… Hace mucho que no se junta con su gente.

—¿Con nadie?

—No.

—¿Y su mujer?

—… Paya.

—¿De dónde ha salido?

—… De alguna parte. De familia con pasta, creo.

—¿Con pasta?

—Sí. No sé nada, sólo que es paya. Nunca la he visto.

Me parece que no le voy a sacar mucho más, no tiene información que ofrecerme. Al fin saco un billete pequeño y lo dejo sobre la mesa.

La puerta del bar se abre y salen.

No he elegido el mejor lugar para ocultarme, ahora me doy cuenta, detrás del bidón de la basura, es probable que una de las chicas se acerque a tirar las bolsas y me vea. He dejado el Málaga de Gervás escondido fuera de la carretera, un poco más adelante.

Pero ninguna de las chicas se acerca al bidón, las cuatro, Lula, Fina y las dos angoleñas, se dirigen directamente al Seat de Lula. Un minuto después, la puerta del bar se abre de nuevo y salen Kinito y su compañía. No es la compañía con la que compartió mesa el otro día… No puede ser la misma compañía, el otro está enterrado. Kinito es un buen samaritano y acoge a todos los tíos con un buen rabo que dejan la trena. Se encaraman al Mercedes y se largan también.

Espero un par de minutos. Salgo de mi escondite y me acerco a la puerta del bar. Pruebo la llave. No entra en la cerradura, no sirve. Kinito la ha cambiado. Me muevo tanteando todas las ventanas, están cerradas. Le pego una patada a la puerta de atrás arrancando de cuajo la cerradura. Entro.

Voy directamente al dormitorio-despacho. Veo lo suficiente con las luces de emergencia. Abro el cajón donde vi la pistola; continúa allí, la pillo y me la meto en el cinto, no sé si está cargada pero me servirá lo mismo. Voy a encontrar a Rentero. Pero no voy a pensar en ello, solamente le buscaré por ahí, no será un pensamiento que me obsesione dando vueltas dentro de mi cabeza. Todo mi cerebro lo va a ocupar ella; nada concreto, ni siquiera su nombre, será como un espíritu que se me ha alojado ahí. Me da calor, es como una anestesia, me hace actuar mecánicamente, no siento lo que hago, me muevo como con indiferencia, pero es otra cosa.

Cuando me dispongo a salir de la habitación recuerdo las fotos de la comparsa de carnaval que hay en la pared. Descuelgo la foto en la que sale Kinito disfrazado de cíngara, con reina Sofía en segundo plano. La saco del marco, la doblo y la echo al bolsillo.

Nada más aterrizar en la Avenida me encuentro con Ruth. Me coge de sorpresa. No comprendo cómo se deja ver. Tiene que saber que la pasma la anda buscando. Quizás es porque no lleva mucho con Rentero, sólo un mes, quizá los pasmas no saben que está relacionada con él. O le ha dejado. Ella ya no me interesa, por ella misma.

Está con Dulce. Las dos al borde de la acera; supongo que hacen un servicio especial juntas. Pero la Abuela está antes que ellas porque al ver al Málaga viene hacia mí; no me detengo. Llego a la altura de las dos chicas. Dulce me reconoce y le dice a Ruth algo así como «doña Rogelia»; Ruth vuelve la mirada y suelta un ¡joder!, asqueada, y se aleja. La sigo con el coche, a la espera de que se separe de las otras chicas. Se detiene y se inclina sobre la ventanilla, con expresión de mala leche.

—¿Qué te pasa a ti?, ¿qué quieres?

—Follar.

Esto la desarma un poco, no lo esperaba.

—Comérmelo.

—Bien.

—¿Tienes pasta o me pagarás mañana?

Le tiendo un par de billetes. Le abro la puerta, duda durante unos segundos pero se zambulle adentro. Enfilo hacia Pablo Nieto, es por donde las chicas alquilan la habitación.

No hablamos, no la miro; no sé muy bien cómo sacar el tema sin mosquearla.

Cuando, unos diez minutos más tarde, cruzamos delante de la pensión Aragonés, Ruth me indica una plaza de aparcamiento.

—Métclo ahí.

No aparco pero levanto el pie.

—¿Vives ahí?

—No.

Nos detenemos. Abre la puerta para salir.

—Espera.

—No te vas a arruinar.

—Vamos a otro lado.

—¿Qué coños quieres?, ¿no quieres comérmelo?

—Ahí me conocen. Les debo algo.

Me mira desconcertada, pero cierra la puerta. Arranco.

—No me gustan las pensiones. ¿No tienes casa? Vamos allí.

No dice nada.

—¿Dónde es?

Tarda en responderme, parece calcular si debe decírmelo. Al fin:

—… Tira por ahí.

—¿Es por aquí?

—La tienes delante.

Detengo el ruedas delante de una casita de una sola planta, casi es una chabola, en Vacíamadrid, un barrio con casas del mismo corte. Ésta está aislada, la puerta y las ventanas son pequeñas. Supongo que la compartirá con Dulce, con Rentero tal vez.

—¿Esta casita?

—Esta mansión.

—… Eso es un pulguero.

—¡Es mi casa, joder! ¿Tampoco te gusta? ¿Qué cojones quieres? ¿Prefieres hacérmelo aquí?

—… Vente a vivir conmigo.

Se queda muda, mirándome. Me ha salido sin pensarlo, no se me ha ocurrido otra cosa.

—¿Qué coño te pasa ahora? ¿Qué rollo es éste?

Su tono es diferente, la he mosqueado.

—He pillado algo de pasta, suficiente para los dos… Hace tiempo que lo pienso.

Abro el sobre y le enseño los billetes, pero no se digna mirarlo.

—¿Vas a comérmelo o no?

—¿Estás con el tipo ése…, ese Rentero?

De nuevo se queda muda, mirándome fijamente. He cometido un error, ahora la he mosqueado de verdad.

—¿Y qué?

—¿Por eso no vienes conmigo?

Continúa mirándome. Es una chica lista y no la he engañado.

—… ¿Tienes algo para mí?… ¿Te han dado algo para mí?

—¿Eh? ¿El qué?

—… Esa pasta que dices que tienes ahí.

—No.

Abre la puerta del coche de golpe y sale.

—¡Entonces, que te den por culo!

Y me arroja los dos billetes que le he dado.

Salgo también del coche. Se aleja a buen paso. La alcanzo y la engancho del brazo.

—Espera un poco.

Trata de zafarse.

—¡Suéltame, cabrón!… ¡Suéltame!

Como no la suelto se me echa encima y trata de arañarme la cara con la mano libre; la suelto pero la sacudo un revés arrojándola al suelo. Me grita con toda la fuerza de sus pulmones, sin incorporarse.

—¡Encontraste mis llaves, cabrón! ¡Tú le mataste! ¡Eres un cabrón hijo de puta!

—Por eso vas a venir conmigo.

La engancho de la muñeca y tiro de ella. Se deja caer, oponiendo la resistencia de su peso. Algunas personas se detienen a contemplar la pelea. En primera fila una gitana de mediana edad, muy gruesa.

—Deja a la chica.

Arrastro a Ruth hacia el coche. Solloza. Cruzamos al lado de un tipo trajeado. Ruth recurre a él.

—¡No quiero ir con él! ¡Soy menor de edad! ¡Hijo de puta!

El tipo me cierra el paso.

—Suéltela.

Le aparto de un manotazo.

—¡Largo!

Pero el tipo vuelve a colocarse delante y se echa la mano al bolsillo de atrás.

—¡Será mejor que la sueltes!… ¡Soy policía!

—Yo también. ¿Qué grado, gilipollas?

Un pasma me habría enseñado la placa antes de abrir la boca.

Cruza al fondo de un calle el destello azul de un coche de la pasma de verdad. Veo aparcado detrás de la casucha el Ibiza butano de reina Sofía: Rentero. Suelto a la chica e ignoro al tipo trajeado. Ruth se aleja corriendo y entra en la casucha. Me quedo contemplando la puerta que se ha cerrado, con la sensación de haber llegado al final de una carrera. Regreso al Málaga.

Conduzco por los alrededores. Si alguno de los dos echa un vistazo por una ventana quiero que crean que me he largado.

Cinco minutos y estoy de vuelta. Aparco en un lugar discreto, tengo a la vista la puerta de la casucha y el Ibiza butano. No hay luz en las ventanas ni en la puerta.

Fumo. Reclino la cabeza en el asiento. Pienso mientras espero. Sólo la tengo a ella en el cerebro, nada concreto, sólo ella, no sé si lo que tengo es su nombre o su figura.

Media hora y me canso de esperar. Saco el martillo de la guantera, va a parar al bolsillo interior de la chupa. Engancho también la pistola y me la echo al cinto. Salgo del ruedas y me acerco a la casucha.

Escucho, no se oye nada. Golpeo la puerta fuerte con los nudillos. Espero. Me voy a cargar a ese Rentero, no sé cómo lo haré, no sé si la pistola funciona; caigo en la cuenta de que el martillo no me sirve, por lo del Minerva. No me responden. Voy a llamar de nuevo pero veo las luces de un coche que se acerca, su marcha es moderada. Me pego a la puerta donde no llega la luz de las farolas. Es un Peugeot 505, diesel. Cruza delante de la casucha. Reconozco la silueta recortada del tipo al volante: el Bola. Va solo. Conduce muy despacio, como buscando. Gira a la derecha y desaparece.

No abren.

Regreso al Málaga y me dedico a vigilar la casucha. De haberse largado lo habrían hecho en el Ibiza. Ruth le habrá contado la pequeña pelea que hemos tenido, o quizá no lo ha hecho si se ha creído mi propuesta de venirse a vivir conmigo; no pueden imaginar la razón de que le ande buscando porque se supone que no le conozco.

Durante un par de horas no se enciende ninguna luz, nadie entra ni sale en la casa. Estarán durmiendo.

Tengo hambre así que decido engullir algo. Serán alrededor de las seis.

Mientras mastico me entretengo metiendo un poco de

calderilla en una máquina. Estoy en el bar de la lonja de Mer-
camadrid.

Pasadas las siete regreso a la casucha. El Ibiza ha volado. Voy a salir del Málaga cuando aparece de nuevo el 505;
avanza muy despacio. Me escurro en el asiento. Cruza a mi
lado. Lo conduce el Bola; está buscando. Sólo puede buscar
a Rentero, es como si supiera que para por aquí pero desco-
nociera el lugar exacto. Desaparece. Arranco y me muevo
hasta aparcar delante de la puerta de la casucha. Salgo del coche y golpeo la puerta con el puño. No me responden. Apo-
rreo la puerta. Nada. Rodeo la casa; en la parte de atrás hay
una ventana, parece de guillotina; pero aquí el terreno está en
desnivel y la casa tiene una planta inferior con una puerta,
hay un tejadillo de uralita sobre la puerta. Pongo los pies en
el tejadillo de uralita, con cuidado, éste puede desplomarse y
Florín plantarse con las piernas rotas delante de la puerta tra-
sera de la casa; empleo las dos manos para apoyarme en el al-
féizar y echo un vistazo a través del cristal… Es la cocina…
puedo ver la bombilla sin pantalla… y una mesa con hule de
flores, platos sucios, cubiertos, trozos de pan, servilletas arru-
gadas, una botella Rives… La puerta parece cerrada y los
cristales están empañados, porque el gas está encendido, veo
el resplandor azul.

Presiono con los pies en la uralita y levanto la ventana
de guillotina. No ofrece resistencia. Me levanto a pulso y, ga-
teando, me cuelo dentro.

Atmósfera de sauna. Sobre el gas encendido no hay
ningún cacharro, se han olvidado de apagarlo. Cierro la llave
del gas y subo la ventana del todo. La puerta del frigorífico
está entornada, el aparato vibra con el motor zumbando.

—… Ruth —escucho mi voz llamando a la chica desde el pasillo.

Sin respuesta. Todas las luces están encendidas. Remoto, se oye el motor de un autobús o un camión.

La escena es devastadora. Como si un ciclón hubiera atravesado la casa, o aguas turbulentas la hubieran arrasado en una gran crecida… Ropa, botellas, zapatos, cajas… en cualquier lugar, preferentemente por el suelo, en medio del pasillo, o en las habitaciones. Puedo llamarlo desorden, porque es el desorden que se puede esperar de una chica como Ruth —necesitará consultar el diccionario para saber qué significa «ama de casa»— pero incluso, tratándose de ella, es demasiado. Ropa. Ropa sobre las sillas, sobre las mesas, en las camas, por el suelo, en colgadores, en las puertas de los armarios, o asomando por los cajones abiertos de los aparadores. Zapatos, botes vacíos, «kleenex», pantalones, medias, pantys, pelucas, sujetadores, bragas, camisas…

Me sorprendo abriendo, con la punta de los dedos, cauteloso, la puerta del cuarto de baño; luego la de un cuarto trastero; la de otro dormitorio.

Por alguna razón, con un cosquilleo intenso en la nuca, decido registrar la casa a conciencia. Me dedico a mirar debajo de la cama, del sofá y los sillones, sobre los armarios, detrás de las puertas, debajo de las mesas y entre los montones de ropa.

Veo mi sombra proyectándose en el asfalto de la calle a través de una de las ventanas. Echo la persiana y continúo mi registro.

Es en el salón, debajo del sofá del tresillo de skay marrón claro. Ya he mirado aquí, pero sólo lo he hecho superficialmente. Me detengo: lo que veo es un cuerpo, de mujer, al fondo, junto a la pared. Siento frío, tengo la piel de gallina, oigo mi corazón. Pienso en Ruth. Levanto el sofá por un extremo y lo hago girar. El cuerpo queda a la vista. Boca abajo, con un brazo debajo del cuerpo. Estoy seguro de que no está desmayada ni dormida. Está muerta. Los pelos de su nuca brillan y tienen una mancha oscura. Eso es sangre. También tiene sangre en el cuello. Los mismos pantalones vaqueros y una sudadera gris. Ruth. Me inclino y retiro su cabello de la mejilla, quiero estar seguro de que es ella. Es ella. No parece que la hayan aporreado, sólo la mancha oscura y brillante en la nuca. Me quedo en cuclillas, tratando de escuchar, pero sólo oigo mi sangre golpeándome en las sienes.

Saco el martillo, lo limpio con una camisa y lo dejo sobre la mesa. Es una idea que me ha venido. Tiene que darles igual que hayan limpiado las huellas.

Encuentro más ropa de hombre, de un tipo grande, y tres pares de zapatos, un cuarenta y cuatro o por ahí. Encuentro también gomas de gimnasia y pesas. Sobre una silla están la máscara y la peluca de reina Sofía. En la repisa del lavabo hay una maquinilla de afeitar y una brocha. El tipo no se ha llevado sus cosas, como si pensara regresar. Busco en los cajones. Más ropa, casi toda de Ruth. En uno de los cajones hay papeles, encuentro un sobre dirigido a Jesús Rentero, 03721, Galería 2, Centro Penitenciario de Ocaña, 45013-Ocaña; dentro hay una factura del economato: jabón, un paquete de maquinillas de afeitar, cien folios, un paquete de donuts… Total: 7,50 euros. Cierro el cajón con cuidado porque estoy oyendo una conversación, son mujeres, dos o tres, en la calle.

Me acerco a una ventana y pego el ojo a la rendija de la contraventana: dos mujeres parlotean junto al Málaga. He cometido el error de aparcarlo delante de la casa, aunque no sabía qué iba a encontrar.

Levanto el sofá y lo arrimo de nuevo a la pared, ocultando el cuerpo. No hay sangre en el suelo, el rostro no está amoratado, aunque me parece que ha muerto sin apenas sangrar.

Espero. Han transcurrido unos diez minutos cuando dejo de oír a las mujeres. Pego el ojo a la rendija y ya no las veo.

Apago las luces y salgo a la calle. Voy a cerrar la puerta a mi espalda cuando veo a las dos mujeres unos diez metros más allá del Málaga. Se les ha unido otra mujer, la recuerdo: es la gitana gorda espectadora de mi pelea con Ruth. Dejan de hablar y se quedan mirándome. Ya no puedo retroceder, intento actuar con naturalidad. Cierro la puerta, me dirijo al Málaga, abro, arranco y me largo.

La Mala Racha no se descuelga de mi brazo.

Recorro las calles de Parla porque he decidido localizar el Ibiza butano. Conduzco despacio. Sé que estoy buscando una aguja en un pajar. No me importa, no tengo otra cosa que hacer y quiero estar seguro de que Rentero no anda por aquí. Se habrá largado, sabe que le están buscando. Y ahora lo de Ruth. Se me escapa por qué lo ha hecho. Es como si se hubiera producido una discusión, una pelea, a lo mejor sólo ha sido eso, una discusión sobre cualquier cosa, el tipo es violento y se le fue la mano… No me encaja, un tipo que se disfraza de reina Sofía y hace el bufón no encaja con un tipo que pierde la cabeza. Le vi pegándola. Aunque era otra cosa, lo hacía calculando, como lección, no ponía mucho empeño en ello.

Una hora más tarde todavía continúo buscando porque no se me ha ocurrido nada mejor que hacer.

Cuando la tarde se despide al otro lado del parabrisas, enfilo hacia mi garito.

Entro. No enciendo la luz. Cierro la puerta. Durante unos minutos me quedo junto a la puerta tratando de adivinar. ¿Qué es lo que quiero saber? ¿Si ha estado alguien aquí? ¿Quién? ¿Para qué?

Miro por la ventana. Sé que lo hago para comprobar si hay alguien vigilando. La calle está como siempre: poca gente por las aceras, cruza algún coche.

Me siento idiota, como si toda la policía estuviera detrás de mí, tienen cosas mejor que hacer, como llevar a sus hijos al colegio y recogerlos.

Aparto cinco billetes y guardo el resto del paquete en el sifón del váter. Me cambio de zapatos. He decidido no pasar la noche aquí.

Una docena de clientes, en la barra y por las mesas, contemplan la televisión con aire ausente. Funciona el aire acondicionado.

Doris ocupa un taburete alto detrás de la barra, en el extremo más cercano a la puerta. Está sola. Pajarita azul y chaleco burdeos. Su rostro grande y huesudo muestra manchas violáceas alrededor de los ojos. Se parece a su hermana, incluso puede que sean gemelas, pero Norma se conserva peor, por la mandanga, la mandanga golpea más que la botella.

Delante de ella, sobre la barra, hay un tubo mediado de algo. En el otro extremo, con los brazos apoyados en el mostrador, se encuentra un fulano de rostro apretado, contempla la televisión masticando un palillo.

Nos saludamos mirándonos a los ojos.

—¿Qué pasa, no te gusta lo que ves? —me pregunta Doris en su habitual tono áspero.

Saco una sonrisa de donde puedo y replico:

—Estás elegante. Sólo tú sabes llevar la pajarita sin que te tomen por un payaso.

No estoy seguro de que esto sea un cumplido, sin embargo, logro hacerla sonreír.

—¿Cómo te va?

—No tan bien como a ti pero voy tirando.

Me encaramo a una banqueta, delante de ella.

—¿Qué te pongo?

—Cualquier cerveza.

Una Diabräu, muy fría. Empinamos el codo y comenzamos a largar sobre los viejos tiempos.

Mezclamos tragos y palabras durante media hora. Damos un repaso a los conocidos comunes. No saco en la conversación a su hermana, tampoco Doris me pregunta por ella, no puede saber que la he visto.

El masticador de palillos ha salido de la barra y, con expresión recelosa, revolotea a nuestro alrededor, tratando de atrapar nuestras palabras. Doris le clava la mirada.

—¿Qué escuchas, tú, maricón?

El fulano salta como empujado por un resorte; crispado, agita la pata delante de mí.

—¿Qué hace éste aquí? ¿Otro que bebe gratis? ¿Otro que no paga?

—Pensaba pagar —le explico.

Doris mira a su marido con desprecio, no merece la pena replicarle. Habla irónica:

—No es la bebida lo que le preocupa, es mi cofre. Ha perdido la llave.

Suelta una carcajada que sólo sirve para crispar aún más al patán que, con un gesto brusco, se arranca el palillo de la boca arrojándolo lejos. Nos barre con la mirada y sale disparado a la calle.

—¿Adónde va? —pregunto.

Doris no me responde. Termina su whisky y se sirve otra dosis, medio tubo sin hielo. Su lengua ha comenzado a engatillarse, no son los primeros tragos del día.

Se queda mirándome a los ojos.

—¿A qué has venido?

—A hacerte una visita.

—Eso ya lo sé. ¿Qué más?

—… Quería aprovechar para preguntarte algo.

—… Sólo entran palurdos por esa puerta. Y no leo el periódico ni escucho la radio. Si te has molestado en venir hasta aquí es porque quieres algo, ¿qué quieres?

Me ha hablado como si yo fuera un chivato. Se ha corrido la voz por ahí. La miro a los ojos.

—Se llama Nieves. Morena. Angoleña. Joven. No hay muchas como ella por ahí. Me dijo que tú le habías hablado del Habanera.

Su expresión no refleja nada; echa un trago largo, deja el vaso y desvía la mirada.

—No me suena ninguna Nieves, ni ninguna angoleña. Aquí no dejo entrar chicas, y menos negras. Si es tan especial debería acordarme de ella. Yo no he hablado del Habanera con nadie —su tono se ha vuelto insolente—. ¿Se te ha largado?

—Sí. No me importaría de no haberme vaciado el bolsillo. Son sólo unos billetes, pero no es eso...

—¿Qué es, entonces?

—No quiero ver mi nombre en la lista de primos.

—Ya aparecerá.

No sé si me dice la verdad o si no quiere darle información a un chivato.

—Puede. ¿Una tal Sindy, te suena? —Doris me mira sin comprender—. Del Zombi's.

No sé si Doris paraba también en el Zombi's, si Norma lo hacía es probable que también lo hiciera ella.

—¿También se te ha largado?

—También.

—... ¿Del Zombi's? No llegué a conocerla.

—Pero oíste hablar de ella.

—Puede. No me acuerdo.

No me va a dar información, por la razón que sea.

Dejamos de hablar. Doris continúa aferrada a su whisky, con la mirada perdida en cualquier lugar. Ha debido de olvidar de lo que hemos hablado, un par de minutos y se habrá olvidado de mí. Entran nuevos clientes.

Seguramente ha dicho la verdad sobre Nieves, no la conoce, nunca ha oído hablar de ella. La negra me engañó, me dio un nombre cualquiera, un nombre que habría oído por ahí. Será mejor que me olvide de ella y me limite a meter unos billetes en un sobre de vez en cuando para Mora. La Mala Racha.

—Es igual.

Apuro la cerveza, me despido de Doris y salgo a la calle.

Las cuatro llantas del Málaga tocan el suelo. Examino los neumáticos y compruebo que los han rajado. Miro a mi alrededor y no veo a nadie. Pero sé quién ha sido el autor de la faena. Abro el maletero, engancho la palanca del gato y me dirijo de regreso al bar a machacar cabezas. Con la mano en la manilla de la puerta me detengo. Pienso que estoy abarcando demasiado, tengo llena la lista de problemas. Éste me parece que puede esperar, es demasiado pequeño para que me ocupe de él. Me sobran las largas temporadas sin nada que hacer. Regreso al coche y arrojo la palanca del gato en el maletero. Miro a mi alrededor buscando un garaje.

13

Todavía es pronto, no llueve y hay demasiada gente y coches por la calle.

Al cruzar, vuelvo la mirada de nuevo hacia la casucha. Conduzco despacio, observando. Las luces continúan apagadas, no se ve a nadie.

Aparco en otra calle. Saco la cajetilla. Los viandantes van y vienen, también los coches, y algún autobús. Me obligo a esperar, fumando, observando.

Ninguna luz se enciende o se apaga en la casucha, nadie entra o sale, nadie vigila, el 505 no aparece.

A eso de las diez, apago el ducados a medio consumir y salgo del ruedas. Me dirijo a la casucha. Entro por la ventana de la cocina. Saco la pistola.

Me oriento en la oscuridad. No parece que haya estado nadie aquí después de mí, si ha venido alguien no se ha preocupado de colocar nada en su sitio. Entro en el salón, meto la pistola en el cinto, me agacho, tanteo con las manos debajo del sofá hasta tocar los pies del fiambre; tiro de él y lo saco. Tengo que pensar qué hacer con él. Antes o después lo descubrirán, entonces las tres mujeres darán mi descripción y la del Málaga, incluido algún número o letra de la matrícula.

La Mala Racha se llama giley, van juntos, pero de todo lo que hago el tapete es lo único que tiene sentido.

Le quito la ropa al cadáver, el vestido, la ropa interior y los zapatos. Me jode que sea una niña, aunque esté muerta. Lo envuelvo en una sábana.

Entreabro la puerta de la calle y echo un vistazo por la rendija: no hay nadie. Salgo y voy a por el Málaga. Lo aparco delante de la puerta, dejo abierto el maletero y entro en la casucha. Ahora me muevo rápido, cuanto menos esté a la vista, mejor. Salgo con el fiambre en brazos, no merece la pena mirar por encima del hombro para ver si hay alguien observándome, ya no puedo dar marcha atrás. Cierro la puerta, cruzo la acera, arrojo el fiambre dentro del maletero y lo cierro. Me encaramo al coche, arranco y en marcha. Ahora sí echo una mirada alrededor y al espejo: creo que nadie me ha visto.

Conduzco por un camino de tierra, sin conectar los faros, dando tumbos; estoy en las afueras de Pinto. Es como si llevara el timón de la fiambrera de una funeraria un día de marejada. Adivino escombreras a derecha e izquierda, se recortan las siluetas de las montañas de escombros, quebradas y oscuras; de vez en cuando me sorprende un brillo, sólo puede ser de algún vidrio o un azulejo reflejando una luz lejana.

Cuando el terreno parece más despejado, salgo del camino y me detengo. Espero. No aparecen faros por ninguna parte.

Salgo del coche. Abro el maletero y engancho el cortafríos y la paleta. Debía de haber recuperado el martillo. Despejo con el pie un trozo de terreno junto al coche, me agacho y clavo el cortafríos en el suelo. La tierra está muy dura, ha llovido pero no lo suficiente, echaré en falta el pico que he dejado en el R-19; me llevará una hora, o puede que más.

He sacado dos paletadas de tierra cuando decido quitarme la chaqueta porque voy a tomármelo con calma, el terreno está mucho más duro de lo que esperaba, esto no lo he calculado, me llevará como dos o tres horas. No tengo prisa. Me vendría bien, mejor que el pico, una maza. De nuevo me arrepiento de no haber cogido el martillo.

Casi una hora y media picando y la fosa parece lo suficientemente profunda, como unos cinco palmos. Estoy empapado de sudor hasta la cintura, el cinto está calado, y las manos se me han llenado de ampollas. Cuanto antes remate el trabajo, mejor. Dejo el cortafríos y la paleta, abro el maletero y engancho el fiambre por la cintura, no pesa nada, es un pajarito. Lo deposito en el fondo de la fosa, con cuidado. Engancho la paleta y comienzo a cubrirlo con tierra.

Faros. Lejanos pero vienen en esta dirección, dando tumbos. Me apresuro con la paleta. Pero los faros se acercan rápido; me quedan como dos palmos de fosa por rellenar, no tengo tiempo. Me arrojo al coche y arranco, pero estoy enfilado en la dirección donde vienen los faros y no tengo tiempo de maniobrar; verían los pilotos alejándose. Avanzo unos veinte metros para alejarme de la fosa y me detengo; enchufo las largas, sin apagar el motor. Advierto que he olvidado la paleta y el cortafríos junto a la fosa. Es tarde. Los faros se detienen de golpe, se encuentran a unos treinta metros, cuatro faros, dos son antiniebla. Creo que se trata de un todoterreno. Le ha alarmado encontrarse de repente con mis faros. ¿Qué hace un todoterreno aquí a estas horas? Saco la pistola y la dejo sobre el otro asiento. Permanecemos contemplando luces durante unos minutos, ninguno de los dos toma la iniciativa. Antes o después tendré que actuar.

Oigo abrirse dos puertas del todoterreno. En el campo de luz de los faros entran, a la vez, uno por cada lado, dos tipos grandes; uno de ellos empuña lo que debe de ser una barra o un palo, el otro lleva puesto algo como un plumas que le hace casi esférico. Avanzan un par de pasos pero se detienen, tratan de adivinar qué hay detrás de mis faros. El que empuña la barra lleva en la cabeza algo como un sombrero, o es una gorra de visera con una borla o algo parecido. Arranco, doy marcha atrás unos diez metros, giro el volante y el Málaga cambia de dirección, el cárter roza el suelo, retomo la pista de tierra y me alejo por caminos que no conozco.

Por el retrovisor veo cómo las luces del todoterreno cruzan despacio y tambaleantes junto a la fosa. Es una zona de escombros y quizá no reparen en ella.

Nada me puede salir peor.

Las ventanillas vibran. Me incorporo. Se trata de un camión de dieciocho o veintidós ruedas. Un DAF. Se encuentra a sólo diez metros del Málaga. Cabina verde, caja blanca. Maniobra para meterse debajo de un negrillo, no sé por qué aparca ahí, ahora es casi mejor estar al sol. Me restriego los ojos, enderezo el asiento y le doy al contacto.

¿Qué hacer? El retrovisor me dice que necesito el afeitado de cada mañana. Supongo que mientras lleno la cabeza de ideas podré meter algo en el estómago.

Mañana borrosa. Domingo. Calles vacías. Peluquerías cerradas.

Encajo la radio y la conecto.

Un poco de música y enseguida las notas del carillón de las ocho. Se deja oír la voz de una locutora, da la noticia de una mujer muerta. Suena lúgubre. En el término de Pinto han encontrado el fiambre de una mujer a medio enterrar, Ruth Duque, diecisiete años. Se desconocen las causas de su muerte violenta, están en ello.

Ducharme y cambiarme de ropa. No sé si arriesgarme a pasar por el garito. Decido no hacerlo.

Enfilo donde la Larga, comparte un piso con otra chica, me debe favores.

La levanto de la cama, seguramente se acaba de acostar. No me pregunta nada. Me ducho y la Larga me regala una camisa de hombre sin estrenar hecha a mi medida.

Tengo la pasta en el garito. Pero no quiero arriesgarme. Pienso en el cortafríos y la paleta junto a la fosa, los olvidé. No quiero pedirle pasta a la Larga, me haría descender unos cuantos peldaños. Puedo hacerle una visita a Bielski, ¿cómo te va la vida, Bielski?, un trago y necesito pasta, amigo.

También saco a Bielski de la cama. No sé si Dulce está con él, nada me indica que Dulce se encuentre en el piso. Bielski reúne noventa billetes pequeños. Tengo que devolverle cien en un par de semanas. Ha aprendido enseguida a hacer negocios, se le da mejor que contar cuentos.

◆ ◆ ◆

La mañana se transforma en una tarde larga, aburrida. Me muevo sin rumbo dejando pasar el tiempo. El tiempo es lo único que controlo, lo divido y voy sacando trozos del bolsillo.

Disfruto de la calefacción de la iglesia del Salvador. Dormito en una de las capillas.

Nada que hacer. Ver pasar el tiempo resulta complicado, y cansado, el cuerpo se convierte en un saco de plomo.

A eso de las ocho entro en La Cepa y me caliento con un par de copas. Lleno el depósito del Málaga. No se lo voy a devolver a Gervás, también me debe favores.

Leo dos periódicos, todo lo que dicen sobre Ruth, no demasiado, no me informan de nada nuevo. Le compro lotería al jorobado del Zorongo, bromeo preguntándole si será capaz de atraparme si no le pago.

Marco el número del Pequeño. Al tercer timbrazo descuelga él directamente.

—¿Sí?

—Soy Florín. ¿No tendrás algo en lo que pueda entrar yo?

—¿Como qué?

Sabe muy bien de qué le estoy hablando, pero el Pequeño es así.

—Como giley.

No me pregunta por el Málaga, no debe de importarle que no se lo haya devuelto, tiene el Laguna.

—El Tiro de Pichón, San Martín. A eso de las doce.

—¿Es bueno?

—Cortarás oreja.

—Vale. —Añado—:... ¿Cabreado?

—¿Por qué?

—Por el Málaga.

—¿Cabreado? ¿Te dedicas ahora a inventar palabras?

—Algo así.

Colgamos.

Gervás, el Pequeño en negocio de cartas, es un buen tipo, tramposo en el tapete pero un buen tipo, le gusta hacer favores y ha debido de intuir que me encuentro en apuros.

Paso media hora sentado en el banco de la iglesia de los maristas de Entrevías, tienen calefacción. Luego navego dentro del Málaga, sin aguja.

La noche se desliza al otro lado del parabrisas.

Serán como las doce cuando decido darme una vuelta por la Avenida. Echo de menos a las chicas, a sus conversaciones, además, les extrañará que lleve un par de días sin aparecer por allí.

Voy a aparcar cuando veo a Dulce, un poco alejada, está con otras dos chicas. No le ha llegado su turno. Ignoro a las otras chicas y conduzco directamente donde ella; sus acompañantes son la Portuguesa y Susa. Me detengo, bajo la ventanilla y la oigo decir que mamá Osa para comer tiene miel, leche y avellanas. Debe de ser la segunda parte de *Los Tres Ositos*. Cuando me reconoce me da la espalda, haciéndose la loca. Saco la cabeza por la ventanilla.

—¿Tu amiga, anda por aquí?

Quiero que todo el mundo se entere de que ando buscando a Ruth, que todo el mundo sepa que yo no sé nada de Ruth.

Dulce se vuelve y se inclina sobre la ventanilla indicándome con el dedo el agujero de la nariz.

—Sí, aquí está, ¿no la ves?

—Quiero repetir.

Esto le hace dudar, me mira desorientada.

—Está con un cliente.

—¿Va a tardar? —que piense que me he creído su bola.

—¡Y yo qué sé!

—Dile que la estoy buscando. Que quiero repetir.

14

El Pequeño no ha aparecido. Y los otros fulanos, son tres, se están impacientando. A mí tampoco me gusta, nunca me ha sucedido que Gervás no acuda a una cita. Y no confío del todo en él, es de los que hacen favores, pero también marca una línea que no te permite cruzar. A lo mejor no le ha gustado lo del Málaga. Una mirada a la puerta cada cinco segundos.

Dos de los primos son de Toledo, eso dicen, dueños de un hotel, o de un restaurante; cuarentones, muy repeinados, adictos a la vaselina; el otro es un constructor de Talavera, es la credencial con la que se ha presentado, un fulano grande, más que yo, de aire pesado, seguro que ni siquiera sabe por qué lado se sube a un andamio.

—Bueno, ¿y ése que falta, dónde está? —pregunto, mostrándome impaciente también.

—Dijo que iba a venir. Ya vendrá. ¿Por qué no vamos entrando en calor? —apunta uno de los maricas de Toledo.

Sólo tengo los noventa billetes de Bielski, esto me obligará a extremar la cautela. Pero ninguno de los primos parece gran cosa, puedo arreglármelas solo. Cualquier otra noche no me habría importado, pero me intranquiliza que el Pequeño no haya aparecido. Necesito hacer dinero, hace dos días que no le paso un sobre a Mora. No me quedó otro remedio que decir:

—Como quieran, entonces.

—¿Por dónde? —pregunta uno de los primos de Toledo.

El camarero nos indica la habitación de atrás. Los tres tipos se dirigen hacia allí y los tres, antes de entrar, miran por encima del hombro para comprobar si yo les sigo.

—Arrimen las sillas —les indico.

Finjo encaminarme a los servicios, cambio de rumbo y enfilo hacia la calle.

No me gusta que el Pequeño no haya aparecido, tampoco esos tres tipos, me huelo que se conocen, hablaban con la voz de otro, nada nuevo para mí, puedo apostar a que los tres son del padrón de Madrid, no de Toledo o Talavera.

En el Yessi están las chicas del otro día, con tres patanes. Todas vuelven la mirada en mi dirección cuando entro. Norma ocupa una banqueta, en su apariencia respetable. Con respirar fuerte se desmoronaría. Voy donde ella.

—¿Todo bien?

No me mira. Finge no haberme visto, ni oído.

—Sigo buscando a esa chica, Ruth. ¿Ha venido por aquí?

Continúa ignorándome. No le voy a repetir la pregunta, prefiero esperar plantado delante de ella. Al fin me clava la mirada:

—No.

Saco un billete y lo echo en la barra delante de una de las chicas, indico la copa de Norma.

—Llénasela —miro a Norma—. Si aparece dile que quiero repetir.

Me paso por el Víctor. Mi expedición al Tiro de Pichón me ha dejado con ganas de sentarme al paño. Son ya las dos. Hay cinco sillas alrededor de la mesa, pero están vacías, la partida no puede haber terminado tan pronto. Hay una docena de clientes. Barbero y Paco están en la barra, con otros dos. El Pequeño tampoco se encuentra aquí, no me hubiera extrañado nada encontrármelo, es su modo de actuar. Me pego a la barra.

—¿Qué hay? —saludo a Víctor.

—¿Qué hay? —me responde, pero no me mira. Siempre se muestra amable. Pienso si le debo algo. Me he dejado muchos billetes en esta barra, pero no somos amigos. No tengo amigos. Algún enemigo. Está nervioso y no sabe disimular.

Me pone delante una Golden. La engancho y voy a la máquina. Meto un par de monedas.

No me concentro, puedo sacar tres sietes y no enterarme. Regreso a la barra.

—… ¿Y Gervás, no ha venido?

Esta pregunta se la hago a Paco.

—No —me responde, demasiado apagado.

Me llama la atención una imagen que sale en la televisión, al fondo del bar: creo que es Irene. Me estoy moviendo hacia allí cuando oigo a mi espalda:

—¿De copas?

Reconozco la voz del Bola. Me vuelvo.

Delante tengo al Bola y al Asno. Éste me sonríe como con desamparo. El Bola tiene las manos hundidas en los bolsillos del abrigo, el Asno las tiene a la espalda, debajo de la trinchera, mostrando ahora condescendencia. Sé que han venido a por mí. No merece la pena responderle.

—Nosotros también —dice el Bola—. Entonces vamos juntos.

—¿Por qué?

—No nos gusta beber solos —me replica el Asno, ampliando su sonrisa.

El Asno se sienta a mi derecha, a horcajadas en un silla casi pegada a la pared; le veo de reojo, apoya los brazos en el respaldo y la barbilla en los brazos. La escena no le parece de suficiente importancia como para participar en ella, aunque se ha quitado la chaqueta.

Se les han unido otros dos polis: el de gafas montadas al aire, el de la redada, y otro, corpulento, de rostro de luna llena y cuerpo como una pera gigante. El mobiliario es una mesa gris acero, sin nada, y tres sillas que hacen juego con la mesa. Me han llevado a la comisaría de Entrevías. Estoy de pie, de espalda a la pared; los cuatro polis me rodean.

Es el Bola el encargado de llevar el interrogatorio:

—Cuéntanos el dónde y el cuándo de lo que hiciste el sábado, anda. Y no te dejes nada.

Se ha quitado el abrigo, se ha desabrochado la chaqueta y ha colgado la mano derecha del cinto por el pulgar. Habla despacio, pronunciando con cuidado, dando a entender que no tienen prisa, que no le sirve otra cosa que no sea la verdad.

—… ¿El sábado?

—El sábado. El sábado es el sábado. ¿Dónde y cuándo? Por la noche.

—… Estuve donde siempre.

—¿Dónde es eso?

—… En el Víctor…

—¿A qué hora?

—Hacia las dos, o más. No utilizo reloj.

Aunque llevo el reloj en la muñeca y está a la vista, pero no funciona.

—Para qué vas a utilizar tú reloj —interviene el Asno, con desdén.

—¿Había partida?

—… Giley.

—¿Quiénes?

El Bola ha ignorado el comentario del Asno, es el de más edad y está claro que ejerce de jefe, aunque me parece que los cuatro tienen la misma categoría profesional.

—Ya les conoce.

—He olvidado los nombres.

—… Girón… Barbero… Gervás… Paco… Yo no jugué.

—¿Por qué?

—… No me llegaba para sentarme.

—¿Qué hacías allí si no jugabas?

—… Miraba.

—¿Está permitido eso? —de nuevo el Asno, forzando el tono de incredulidad.

—¿Adónde fuiste?

No sé qué responder, tengo que pensar, tengo que pensar en ello, pero no atrapo ninguna idea. No caigo por qué me pregunta adónde fui.

Una mano abierta me golpea en la frente y mi nuca choca contra la pared. Se produce un pequeño trueno dentro de mi cabeza. Me ha sacudido el pasma de gafas al aire. Me zumba la cabeza hueca, me ha entrado un enjambre. El pasma me mira como si le hubiera insultado. Lo tomo como un aviso: pienso que quiere que olvide que le he visto en el Yessi descargando la cisterna.

—¿Adónde fuiste cuando no te dejaron seguir mirando? ¡Responde!

—… A pedir un préstamo.

—¿A quién?

—… En el Judit… y en el Embajada.

—¿A quién viste?

—… Estaban cerrados.

El Judit y el Embajada cierran antes que el Víctor, lo tienen que saber, así que esto encaja, me proporciona un margen de tiempo de casi una hora, porque he de llevar a su mente que me moví gastando suelas.

Se produce una pausa. No sé en qué piensan. De nuevo el Bola:

—Háblanos de una chica… Dulce, del Minerva.

Dulce. ¿Por qué Dulce?

—… Apenas la conozco.

—¿No te la tirabas?

—No.

Otra pausa.

—¿Y a Ruth?

Es ahí donde quieren llegar, Dulce no les interesa. Han descubierto el cadáver. La comisaría de Entrevías creo que abarca el término de Pinto. El cortafríos y la paleta, ése es mi fallo. Y varias chicas me vieron embarcarla en el Málaga, incluida Dulce.

—… Poco.

—¿De qué forma la conoces? —el Asno de nuevo. Se ha echado hacia atrás en la silla. Por el tono es una pregunta que son varias preguntas. Le clavo la mirada.

—No me gustan las niñas… ni para que me pongan la copa.

Es esto lo que andan buscando porque el de gafas se me echa encima y me grita a la oreja.

—¡Pero sí para canearlas! ¡Te gusta canearlas! ¡Hace un par de noches, le tocó a esa niña, delante de su casa, y volviste a buscarla porque te supo a poco! ¡Rondaste la casa, entraste y estuviste dentro una hora! ¿Qué hiciste con ella? ¿Continuaste sacudiéndola? ¿Os metisteis en la cama y le contaste cuentos?

Me sacude de nuevo en la frente. No me da tiempo a bajar la cabeza y mi nuca choca contra la pared. Se produce otro trueno y me zumba todo el cráneo.

—… Las menores no me interesan.

—A mí, sí —el Asno ensaya un tono cínico ahora.

El gafas me pega una patada seca en el tobillo. Un calambre me recorre toda la pierna y aterrizo; el golpe contra el suelo lo paro con el codo y el nuevo calambre es como un latigazo eléctrico que me llega hasta la nuca. Apoyo la mano en el suelo y giro la cabeza para mirarles. Tengo al gafas casi en-

cima, ha puesto las manos en las caderas y me contempla ceñudo. El Bola ha descolgado la mano del cinturón, la mantiene a la altura de la cintura, indecisa, como si le sorprendiera
que le pisen el terreno. Es el gafas quien se ha situado ahora
en primer plano.

—¿Qué le hiciste, eh? ¿Cuál es tu número?

Las tres miradas están sobre mí. En la jeta de Asno hay
una media sonrisa, como si ya conociera todas las respuestas.
El poli con cuerpo de pera me ignora, permanece un poco
alejado de la escena y está sólo medio vuelto hacia mí, extiende una toalla mojada, blanca, mediana.

Me voy incorporando, apoyando las manos en las rodillas y en la pared. El Bola ha vuelto a colgar la mano del cinto. Me enfrento a los tres, manteniendo sus miradas.

—… De vez en cuando le doy algo de dinero.

El gafas, el Asno y cuerpo de pera sueltan un rebuzno,
los tres a la vez, como si se hubieran puesto de acuerdo. El
Bola ni ha sonreído.

—Tú nunca le has dado un billete a una mujer, a no ser
para pedirle cambio. ¿Qué pasó con ella?

—¿No será al revés? —me grita el gafas, arrimando su
jeta a la mía.

—… Quizá.

Es adonde les quería llevar, perderé puntos pero mi historia sonará a cierta.

—¡Ooohhh! —exclaman los tres. Han repetido este número muchas veces.

—¡Explícanos eso!

—… Ruth me hace un préstamo de vez en cuando.

Un nuevo ¡ooohhh!

—¡La chuleas pero ni siquiera la miras!

—… Es un préstamo entre amigos.

Nuevos ¡ooohhh!

—¿Qué tiene de raro? —interviene el Asno, en un tono insolente. Es el que menos me gusta, ese tono, sus comentarios soltados de esta forma me descolocan.

—¿Cuánto te dio?

—… No estaba en casa.

—La otra noche tuviste mala suerte —de nuevo el Bola, con voz acerada—, no encontraste a nadie. Si no estaba, ¿por qué tardaste tanto en salir?

—… Eché un vistazo.

Trato de encontrar una salida con palabras pero las puertas que atravieso se van cerrando a mi espalda.

—A los cajones de la ropa interior. ¿Es lo que te gusta mirar? ¿Te llevaste algún recuerdo? —interviene por primera vez el poli con cuerpo de pera.

El Asno y el poli de gafas le miran, también a ellos les han sorprendido esas dos preguntas. El tipo ha doblado la toalla a lo largo, en varios dobleces, ahora dobla el chorizo por la mitad.

—… Buscaba pasta.

—¿Cuánto encontraste? —me pregunta el Bola, sin dejarme pensar.

—… Estaba limpio.

El gafas me atrapa por la solapa.

—Allanamiento de morada para robar. Ya lo tenemos. Vacaciones de cinco años. Junta las manos.

Me empuja contra la pared.

—Era sólo un préstamo y no encontré nada.

Pero el gafas no se está tirando un farol, me golpea en el hombro obligándome a volverme, me coge por las muñecas y me coloca las manos a la espalda, un par de segundos después siento la mordedura de las esposas.

—Vamos a dar un paseo. Para que nos ilustres.

Conduce el Bola. El Asno ocupa el otro asiento, con la cabeza inclinada hacia atrás buscando mi rostro en el retrovisor. Los otros dos polis se han encaramado a un Talbot, supongo que nos siguen. Continúo esposado a la espalda.

Hiela de nuevo, finales de un invierno oscuro. Logro ver un trozo de cielo estrellado; pienso que si continúa así el sábado podría sacar la caña de su funda y organizar una excursión a cualquier pantano, aunque hace más de cinco años que no me acerco a un río, será difícil que encuentre ningún pez que se acuerde de mí.

El Asno vuelve la cabeza porque quiere decirme algo. Mira de nuevo hacia delante y vuelve la cabeza otra vez.

—¿Qué tal el negocio del *caballo*, consejero? ¿Da para vivir?

Su tono ha sido de compinche a compinche. Sé que habla por hablar, es de esa clase de tipos a los que les sobran las palabras.

—… Regular.

Pasa el brazo sobre el respaldo y baja la voz:

—Aquí estás entre colegas, puedes hablar… Algo sabrás. Danos algunos nombres y tendrás dos nuevos amigos.

—Sólo sois dos polis.

Suelta una carcajada, dejando claro que la ha forzado.

Mira de nuevo adelante. Segundos después inclina la cabeza hacia el Bola.

—Los callados como éste son los que más partido le sacan al negocio. Te lo digo yo. —Levanta de nuevo la mirada hacia el retrovisor—. Tú eres de los que saben vivir.

No hay tráfico en Entrevías. Nos cruzamos con un par de transeúntes aunque la noche no invita a salir. Contemplo el paisaje urbano. Una pareja, los dos con impermeable blanco, se besan delante de un portal. La luz de una farola parpadea. Un tipo, de cazadora oscura, estudia los precios del escaparate de una relojería con las luces apagadas.

Al Asno se le ha debido de cansar el cuello porque apoya la cabeza en el asiento. Comenta con desgana:

—Me gustaría tener mi tajada en el pastel.

El Bola interviene por primera vez, en un tono de sorna:

—Pregúntale ahora cómo marcha el negocio de la *nieve*, si da para comprarles zapatos a los niños.

El resto del viaje lo hacemos en silencio.

El Depósito de Entrevías se encuentra en la parte posterior de un edificio nuevo de cuatro plantas, deben de ser los Juzgados, en una calle amplia, no sé si ocupa toda la planta baja. Grandes ventanales con rejas dan a la calle donde aparcamos.

En una antesala mal iluminada, de suelo de baldosas rojizas, nos recibe un tipo de bata blanca, con una jeta de las que necesitan dos afeitados. No se fija en mí, como si no existiera para él, enciende otras luces y nos precede por un pasillo con las mismas baldosas rojizas, empuja una puerta de cristal, cruzamos una antesala y empuja otra puerta de doble hoja, blanca y con un letrero de metacrilato: «Sala de autopsias». Entramos. Me escoltan el Bola y el Asno. Continúo esposado a la espalda. Los otros dos polis del Talbot no sé dónde se han metido.

La habitación es como un quirófano grande, con luces potentes en el techo, mucho acero inoxidable y tres camillas. Sólo una de las camillas está ocupada por un fiambre, cubierto con una sábana. Por el tamaño y el bulto de las tetas, aunque apenas se notan, sé que es una mujer. Supongo que se trata de Ruth.

El Bola me engancha del brazo y casi me empuja contra la camilla. Sin esperar, retira la sábana por la parte del rostro y me empuja de nuevo para que no me pierda lo que ha quedado al descubierto. Es Ruth. Parece de yeso. El pasma ha tratado de impresionarme. No es el primer fiambre que veo. Supongo que la jeta que pongo, o no pongo, va en mi contra. Los dos pasmas estudian mi reacción.

—… Ruth —me limito a decir.

El Bola me coge por el cogote y me fuerza a doblarme hasta que mi jeta se encuentra a sólo dos dedos de la de Ruth.

—¿Es tu prestamista? Mírala bien.

—… Sí.

—¿Nada más?

—… Nada más.

El Bola reduce la presión y me enderezo. El Asno ha cogido una tablilla con una hoja de papel, finge leer.

—… Ruth Duque, diecisiete años, soltera, un metro sesenta y dos de estatura, cincuenta y tres kilos de peso… Un sólo golpe en la cabeza… Su agresor es diestro, un metro ochenta —me mira—… aproximadamente, y unos ochenta y dos kilos de peso… Lo mejor: su nombre empieza por ele y

su apellido por efe —le guiña un ojo al fiambre—. Ya lo tenemos, preciosa.

Salimos de la sala de autopsias y tomamos el pasillo que
conduce a la salida. Voy entre los dos polis. Llevamos reco-
rridos diez metros de pasillo cuando, al fondo, aparecen Dulce y Bielski. El polaco se ha puesto traje y corbata como si
fuera a una boda. La chica está llorosa, ocupa todo el decorado. Me ve, me clava la mirada y ya no la aparta de mis ojos.
Cuando nos cruzamos se abalanza sobre mí tratando de clavarme las uñas en el rostro, gritándome histérica:

—¡Tú la mataste, hijo de puta! ¡Tú la mataste!

El Bola y el Asno me empujan a un lado y se interponen
entre nosotros.

—¡Eh, eh!

Bielski tira de Dulce.

—¡La buscaba! ¡La buscaba! —grita Dulce a los polis.
Éstos me enganchan con fuerza de los brazos.

—¿La buscabas? —me pregunta el Asno, en su tono.

Reanudamos la marcha. Me obligo a no mirar a mi espalda. Oigo los gritos de Dulce y la voz firme y errada de
Bielski ordenándole callarse.

—¿La buscabas? —me pregunta el Asno de nuevo.

—… Me lo pidió su hermana —respondo, sin pensarlo,
pero me ha salido un tono a la defensiva.

—¡Su hermana murió! ¡Has sido tú, hijo de puta!

Ahora sí miro a mi espalda. Bielski aleja a Dulce, casi
arrastrándola.

Los polis tiran de mí de los dos brazos.

—Así que su hermana muerta te pidió que la buscaras
—el Asno reanuda el interrogatorio, en su tono de broma.

Vuelvo de nuevo la cabeza. Bielski arrastra a Dulce al interior de la sala de autopsias.

—… Sí.

—¿Por qué no a su tío, o a su tía? ¿Qué comisión te daba?

No le contesto.

—El Gran Alcahuete —el Asno piensa lo que acaba de decir: le gusta el sonido. Arrima la boca a mi oreja—. Gran Alcahuete… Deberías encargarte tarjetas.

El Bola indica una puerta.

—Ahí.

Entramos. El Bola cierra la puerta a nuestra espalda. Es un cuarto trastero, de unos cinco metros cuadrados, sin ventanas, con cepillos de barrer y fregonas, un fluorescente encendido en el techo. El Bola me empuja y mi espalda choca contra la pared. El poli apoya la mano en la pared junto a mi oreja, me mira fijamente a los ojos, a sólo un palmo de distancia, reduciéndome a nada. Su mano derecha está fuera de mi campo visual. De pronto siento que me atrapa los huevos. Me los estruja. Un relámpago de dolor. Me doblo aullando.

—¿Te la cargaste?

Me encojo, encojo la pierna, aprieto los párpados. Mi cuerpo es una vibración candente. Resoplo.

—… ¡Noooo!

Logro enderezarme un poco y el Asno me lanza un puñetazo, pero mi brazo se interpone y el cuerpo del Bola le impide ser mas preciso. Entonces su puño viene otra vez y golpea mi cabeza, no demasiado fuerte, como una advertencia.

—Tienes mala memoria, Gran Alcahuete.

La garra me estruja de nuevo. Me encojo, aúllo. Una

viga al rojo, vibrante, me atraviesa de arriba abajo. Aprieto los párpados para impedir el paso del dolor. En mi cerebro se está produciendo una descarga eléctrica de miles de voltios. No logro pensar. Tampoco respirar.

—¡Le fabricaste un hoyo en una escombrera!

—… ¡Nooo!

—¿No te acuerdas? Te pondremos a régimen de rabos de pasa.

La garra afloja un poco. El puño del Asno golpea mi cabeza, más fuerte.

—¡La llevaste en el maletero del coche!

—… ¿Qué… coche?

—¡Ya sabemos que no tienes coche! ¡Lo pediste prestado! ¿Alguna preferencia por los Málaga?

Su puño me golpea otra vez la cabeza. Habla el Bola:

—¡Olvidaste un montón de huellas alrededor del hoyo: rombos de las suelas de tus zapatos baratos! ¡La paleta y el cortafríos! ¿Por qué no te los llevaste?

—¡Ciento veintidós libros sobre huellas dactilares y los hemos leído todos!

La garra me estruja. La vibración se hace más intensa. A través de las lágrimas veo sus cuerpos distorsionados, acuosos. Voy a estallar.

—… ¿A… qué… qué… hora?

La garra cede un poco.

—¿A qué hora qué?

—… Eso.

—¿No la sabes?

—Él no necesita reloj —el puño del Asno me golpea el pómulo—. ¡Dinos tú la hora, mamón!

—¡Entre las doce y la una! ¡Estabas buscando dinero por ahí, giley, eso ya lo sabemos! ¡También sabemos que nadie te lo dio!

—… No… no…

La garra cede casi por completo. Los polis me miran mudos. Me fuerzo en pensar en ella, es sólo una fulana, repito en mi mente su número de colegiala.

El Asno apoya una mano en el hombro del Bola.

—Nos ha mentido, el muy cabrón. Y nosotros ejerciendo de amigos, qué gilipollas somos.

Su puño me amenaza.

Es una fulana, no es nada.

—… Estaba… con… con alguien.

La garra otra vez, como una advertencia.

—¿Con quién?

No soy su lacayo.

—… Una… mujer.

—Ya lo sabemos. La desnudaste y la encerraste en el maletero de un coche. ¡Más!

—… Otra… mujer.

—¡Nombre!

Estoy empapado en sudor, el dolor se concentra en los huevos, es agudo y ardiente.

Has tratado de utilizarme, Sindy.

—… I… re… ne.

Los dos pasmas no disimulan su desconcierto. El Bola me suelta y se separa de mí un par de pasos. Reacciona:

—Dirección.

—… Te… lé… fo… no.

15

Me hacen esperar en un calabozo. Estoy solo. Me han quitado las esposas. Hay un banco de madera, de los antiguos, de listones, descolorido, y una banqueta de madera de asiento cuadrado. Supongo que están verificando mi coartada. No tenía otra salida, nada más podía hacer. Estoy tranquilo, ahora me siento más unido a ella porque nos hemos puesto al mismo nivel. Te he bajado del pedestal, Sindy.

Es todo lo que me queda. Pero tengo la extraña sensación de haber salido ganando. Por primera vez no me siento solo, y todo lo que he hecho cobra sentido, como si la Mala Racha se hubiera soltado de mi brazo desvaneciéndose.

El dolor agudo de la entrepierna se ha apagado, pero está al acecho porque permanece el dolor de fondo, constante, sé que lo tendré ahí durante mucho tiempo. No me ha mirado un médico, tampoco me han ofrecido comida, o tabaco.

Alcanzo a ver, si me siento en extremo del banco más cercano a la puerta, otros dos calabozos en un pasillo de unos diez metros de largo. El suelo del pasillo es de cemento gris y las paredes de un blanco sucio; en el techo hay dos tubos fluorescentes como de metro y medio de largos. Al final del pasillo, a la izquierda, hay una puerta que han dejado entornada. Al otro lado de la puerta cruza algún madero de vez en cuando, también lo hace alguna mujer madero.

Llevo como una hora encerrado cuando veo pasar por delante de la puerta a Gervás, el Pequeño. No me preguntaron quién me dejó el coche, lo habrán averiguado por la matrícula, o ya lo sabían. Quizá le pregunten también por la partida del sábado. No sabe lo que tiene que responder así que les dirá la verdad. Diez minutos más tarde le veo cruzar de vuelta, no logro captar su expresión. No sé si me ha visto, creo que no. No sé qué le han preguntado y qué les ha dicho.

Un minuto después cruza ella. Le acompaña el Bola. Creí que le iban a preguntar por teléfono si estuvo conmigo, por ser ella. La han localizado por el número del teléfono y la han ido a buscar. Deben de ser cerca de las cuatro. Querrán saber si es verdad que estuvo conmigo, no la pueden querer para otra cosa. Viste traje azul, de pantalones, con clase. No me importa lo que les diga; sólo me importa que sepa que no he seguido su juego, que estamos al mismo nivel, que la he bajado del pedestal.

Aparece un madero, abre la celda, me coloca las esposas por delante y me dice que vamos. Le sigo.

Cruzamos un par de pasillos y el madero abre una puerta con la placa de Comisario. Me indica con la cabeza que entre. Lo hago.

Sin que me dé tiempo a reaccionar, ella viene hacia mí, su expresión es aniñada. Me pone las manos en los brazos sin mirarme a los ojos y me da un beso ligero en los labios.

No sé cómo reaccionar, no sé qué hacer. Me ha sorprendido. No hago ni digo nada.

Un pasma que debe ser el Comisario se encuentra detrás de una mesa. Tiene el pelo gris, usa gafas de armadura dorada y lleva corbata con el nudo bien hecho; es un tipo menudo y, por su expresión, lo que tiene es suficiente. Se encuentran también en el despacho, además de Irene, el Bola y el Asno.

—¿Es el hombre? —pregunta el Comisario dirigiéndose a Irene, aunque no la mira a ella, me mira a mí. Su tono es firme, algo seco, pero no duro.

—… Sí —responde ella, en su mejor tono aniñado.

—¿Dónde?

—… En un piso… En su piso.

—¿Recuerda la dirección?

—Beatriz Galindo, número ocho.

No ha dudado. Mi calle es Río Guadiana y el número el 23. No sabe mi dirección. Creo que se la juega por mí.

Los tres polis la miran. Ella se muestra como muy decidida.

—¿Y la hora?

Ahora finge pensarlo, si responde enseguida sonará raro, una mujer como ella no puede estar muy atenta a la hora de cuando ocurren las cosas. Se ruboriza, parece muy apurada, pero decidida a soltarlo todo.

—… Nos citamos a las… once… Llegué tarde… Me entretuvo mi marido —esto último casi no se oye.

—Repítalo en un tono más alto.

—… Me entretuvo mi marido… Eran las once y media… Hasta las dos o las tres…

Los polis se miran, en silencio. El Asno deja caer la mirada al suelo.

—¿Está segura de la hora?

—… Sí.

Más silencio. Sé que no hay nada más. Hemos llegado al final.

—Puede irse.

Irene se acerca de nuevo a mí y sus labios rozan los míos. Tampoco ahora me ha mirado a los ojos. Se va.

Sigo vacío. El Asno se acerca y me golpea el brazo con el revés de la mano.

—¡Debes de calzar un buen rabo! —me pasa el brazo por los hombros—. Pero también cuenta el cerebro. Y ahora eres mi amigo, ¡cuidado!

Me estruja un poco. No replico. Trato de pensar en ella.

—¿Somos amigos, Gran Alcahuete?

El Bola se dirige al Comisario.

—¿Qué hacemos?

El Comisario no mira a ninguno de los tres, está leyendo un papel, parece ignorarnos.

—Abrid una ventana… —aprieta un botón del interfono—. Lillo.

El Bola me estudia porque ha recaído en él la decisión de qué hacer conmigo.

—Quítale las esposas. Y lárgate.

El Asno me quita las esposas mirándome a los ojos, con una medio sonrisa en los labios. No me demoro para alcanzar la puerta.

Salgo a la calle y miro a derecha e izquierda. No la veo. Voy al aparcamiento y busco el Volvo. Tampoco está. Se ha marchado.

◆ ◆ ◆

Mi habitación ha sido registrada, de mala manera. No les preocupa que yo lo sepa. El armario está abierto, las perchas con los dos trajes en el suelo, la ropa de los cajones revuelta…

Miro debajo de la cama y compruebo que ha desaparecido el otro par de zapatos.

Desenrosco el sifón. Sólo sale agua: también se han llevado el paquete con el dinero. Cien billetes grandes.

La puerta del garaje se abre y aparece un Talbot 150, azul oscuro. Aparca a unos diez metros de donde me encuentro. Sale el conductor del coche, unos setenta kilos, va a cerrar la puerta cuando me acerco rápido por su espalda y le sacudo en la cabeza con la piedra. Le sostengo con la izquierda para que no se golpee contra el suelo. Arrojo la piedra debajo de un Peugeot. Arrastro el cuerpo y lo dejo entre un furgón y una columna. Le quito las llaves y regreso al Talbot. Ocupo el asiento del conductor, pongo el motor en marcha y salgo del garaje. Doy vueltas, con el volante entre las manos, tratando de pensar.

No consigo nada. Enfilo hacia Aranjuez. Cerca de la estación hay una pensión donde tampoco piden el carné.

Echo el último trago en la cafetería de la estación, con sólo las luces de la barra encendidas y ningún otro cliente.

En la pensión, una vieja con un plumas sobre los hombros, me larga una llave. Un par de minutos después mi cabeza se estrella contra la almohada.

16

Ha sido una idea fraguada en el sueño, limpia y perfilada. Todavía he de concretar los detalles para convertirla en imágenes y palabras.

Engullo un café con un bollo en la cafetería de la estación. Luego conduzco hacia la autovía.

Me quedan sólo unos billetes pequeños. Mi primera decisión ha sido tener dinero de una vez por todas, en cantidad, que me permita moverme con libertad y pagar a Mora en un solo plazo. Entonces podré fijar permanentemente mis pensamientos en ella.

Ya en la autovía, me detengo en el arcén. Saco el mapa y lo estudio. Durante unos minutos trazo rutas con el dedo.

Guardo el mapa y me pongo de nuevo en marcha.

Las diez en el reloj del salpicadero. Hacia Valdemoro.

El día vuelve a ser perfecto; el cielo sin una nube, con la atmósfera diáfana, frío y sin viento.

Estamos a 28. Por eso el ajetreo en la autovía: todo el mundo se apresura a cerrar algún negocio, o a iniciar algo nuevo. Los trailers van llenos, casi todos superan la velocidad máxima adelantando a los utilitarios, los conductores se apresuran para hacer lo de siempre: poner el codo en la barra de cualquier bar de carretera.

A la entrada de Torrejón de la Calzada, a la derecha, hay un hotel de tres o cuatro estrellas. Es pronto y tengo que hacer tiempo. Me meto en el aparcamiento. Sólo hay media docena de plazas libres a pesar de la hora, coches de gran cilindrada: azul eléctrico, azul zafiro, azul cobalto.

Pido una cerveza. Echo un vistazo al salón con la idea de que quizá localice a alguno de los adictos a la vaselina de la otra noche en el Tiro de Pichón, aunque no me consta que tengan que ver con este hotel, ni que estén en negocios de hostelería.

Veinte minutos y de nuevo conduciendo hacia Valdemoro. Hay un trozo de autovía que empalma la de Toledo con la que va al sur.

Conozco Valdemoro, he estado allí un par de veces. No sé cuántos habitantes tiene, pero se ven fábricas diversas que se traduce en sucursales de bancos y cajas de ahorro.

Tomo el desvío antes de llegar a una urbanización nueva. Me faltan unos cinco kilómetros.

Conduzco relajado, sin pensar en nada especial.

No tardo en divisar los primeros bloques de pisos. Salgo de la carretera de circunvalación y me interno en el pueblo tratando de orientarme. Sé más o menos dónde se encuentra la plaza, aunque he estado aquí sólo de noche.

No tardo en encontrarla. Es una plaza con glorieta, soportales, iglesia, ayuntamiento, cuatro o cinco bares y un buen surtido de basura al borde de las aceras. La rodeo y aparco en una sombra aunque el sol no calienta nada.

Delante tengo una sucursal de CCM y otra del BBVA. Al otro lado de la glorieta, a mi derecha, al final de los soportales, en la esquina, hay una sucursal del banco de Santander.

Me fijo en que la otra calle es de doble dirección, suficientemente ancha para dos coches. También me fijo en que es una sucursal con la correspondiente puerta de aluminio y cristal, con el timbre en la jamba derecha y con un par de grandes ventanales con persianas de tela.

Permanezco dentro del Talbot, unos diez minutos, observando el trajín a mi alrededor. Unas cinco o seis personas entran y salen de la sucursal del Santander, algunas contando billetes, otras apretando el bolsillo con la mano. Final de mes: hay que mover los ahorros.

Salgo del coche y me encamino a la sucursal. Me detengo delante de la puerta. No tiene cortinilla y puedo ver un par de espaldas en el interior. Pulso el botón del timbre. Unos segundos, zumbido y entro. Me dirijo directamente a uno de los mostradores. El local es amplio, con mostradores de mármol negro veteado; al fondo, a la derecha, hay un par de mesas bajas de cristal oscuro y sillones de skay marrón oscuro a la izquierda. Tres empleados: un cuatroojos, un muchacho y una mujer joven; sólo dos clientes, tíos los dos.

Me atiende la mujer. Unos treinta. Tez morena, pelo oscuro; viste algo como rosa, holgado; pendientes de perla. Guapa. El segundo botón de la blusa sin abrochar para que todos veamos en lo que se puede convertir a partir de las tres.

—Quiero abrir una cuenta —le digo.

Me sonríe, la sonrío; le miro el escote. Me tiende un formulario. Su bella voz me dice:

—Rellene este formulario, por favor.

—Mi cuenta va a ser pequeña.

Repara en mí. Curva sus labios en otra sonrisa. Mis ojos escarban en su escote. Quiero que me recuerde, que vaya por ahí diciendo que no he dejado de mirarle las tetas.

—Todo. Necesitamos sus datos.

—Vale.

Lleno el formulario con un nombre cualquiera y un número de carné inventado, si me pide el carné diré que no lo llevo encima y probaré en otro lugar. Abro una cuenta con cinco euros, digo que haré una transferencia importante en unos días.

Mientras aporrea el ordenador hago lo que he venido a hacer: tres empleados, una chica, nada del otro mundo, final de mes. Ninguna cámara.

Echo un par de firmas, sonrío y salgo de la sucursal. Será fácil. Nunca me he metido en algo parecido pero no hay que ser un licenciado para hacerlo.

Lleno el depósito aquí mismo, en uno de los bares de la plaza, con un ojo siempre en la puerta de la sucursal.

Gasto unas monedas en una máquina de striptease. Si desnudas a la chica el premio extra es un buen puñado de calderilla.

Los empleados salen a las tres. Cada uno se sube a un coche aparcado enfrente, la chica lo hace en un Seat Córdoba blanco, y se largan.

Volveré aquí mañana, a primera hora.

Por la noche, a las dos, o por ahí, se produce una pequeña movida en el Minerva. Todos volvemos la mirada porque alguien ha levantado la voz.

—¡… Túuu… túuu… no distingues una aceituuuna de… una bota… ortopéeedica…!

Es la voz amerengada de un tal Gustavo, uno de los habituales: un señorito de pelo gris y buenos modales hasta la segunda copa. Se encuentra al fondo de la barra y la cosa va con Mercedes.

Mercedes es la madre de Lula. Creo que ésta la ha traído por propia iniciativa, sin consultar a Kinito, sabe que necesita rellenar los huecos de Dulce y Ruth y las angoleñas no sirven. Pero Mercedes no tiene el estilo de Lula, que es el que Kinito quiere para el Minerva. El de Mercedes es el de la vieja escuela: la callosidad que da la vida detrás de la barra, servir una copa como si el mundo sólo consistiera en eso, las respuestas desganadas al cliente con mirada en la puerta esperando al príncipe de tus sueños… Mercedes pone toda su voluntad y los patanes saborean la novedad tomándola a broma. Esto es lo último que Kinito quiere: que el Minerva se transforme en un bar para mostrar su ingenio albañiles y camioneros. Fina observa con disimulo a la abuela, con aire de estar asomándose a un pozo oscuro.

—Oye, guapo, estoy preparándote esta mierda…

Esto es lo mejor de la noche.

Kinito despega los brazos del mostrador y le indica a Mercedes con la cabeza que despeje. Se planta delante de Gustavo.

—¿Todo bien?

El señorito se endereza y guiña los ojos tratando de catalogar a Kinito.

—… Oh, el graaan jefe… Jauuu… Una fulaaana…

—Aquí no hay fulanas.

—¡Oooooh! … ¿Qué… estoooy tomando?

—¿Gin y unas gotas de absenta? Yo mismo se lo prepararé.

—… ¿Y Ruth?… ¿Dóoonde está Ruth? —Mira a su alrededor. Es uno de los encaprichados con Ruth, hay unos cuantos. No debe de leer el periódico. A lo mejor sí.

—Es su día libre. Le prepararé esa copa.

—… Quiiiero a Ruth… —golpea la barra con el puño—. ¿Dóonde está Ruth?… —abate la cabeza—. … Los demás… podéeeis iros a… tomar por culo.

—Mañana.

—… Ruth… Ruth…

Se queda con la cabeza apoyada sobre los brazos en la barra. Está muy cargado, no creo que Kinito le prepare la copa, no le gusta que los clientes se pasen de copas, es un puritano. El cuerpo de Gustavo sufre un espasmo: el tipo solloza. Kinito le toca en el hombro. Supongo que pretende que se largue. Si se cae y se rompe el cuello, será mejor que le suceda en la escalera de su casa.

Suena el teléfono. Lo coge Fina. La veo mover los labios, luego cubre el auricular con la mano y mira hacia mí. Pero no me llama. Mueve de nuevo los labios, escucha y cuelga.

Cuando cruza delante de mí, le pregunto:

—¿Quién era?

—… El Bola.

—¿Y?

—Que si habías pasado por aquí.

—¿Y?

—Que no.

17

Mi despertador cerebral suena a las siete. Se filtra la primera claridad por la ventana.

Lo haré sin valorar las consecuencias, sin ponerme obstáculos pensando qué puede ir mal. Mi estado de ánimo es el de un robot.

Me ducho, y me enfundo el traje, es un traje corriente que le compré a Muelas por dos billetes pequeños, después de la excursión me desharé de él. Me calzo los zapatos.

Pago a la vieja y voy a por el Talbot.

Arranco y enfilo hacia Valdemoro.

Otra mañana azul; todas iguales, así para siempre; el Talbot atraviesa un helado y gigantesco bloque de cristal.

Sólo he dormido un par de horas pero no tengo sueño. Todos mis sentidos están bien engrasados.

En la gasolinera de Ciempozuelos me tomo un café. El aparcamiento esta lleno de camiones, un viajero más no llama la atención.

Aferrado de nuevo a la funda de piel del volante soy ya todo concentración, con sólo una idea en mi cerebro.

Un par de kilómetros y cruzo bajo el cartel que indica la

salida de Valdemoro. Salgo de la raqueta y enfilo recto hacia el pueblo.

Nunca he utilizado esta entrada. La carretera no es demasiado ancha y necesita una capa de asfalto, tiene una desdibujada raya discontinua blanca en el centro; el tráfico es denso, vamos en caravana a unos treinta por hora. Siete minutos para las nueve.

Doy al intermitente, giro a la derecha y me encuentro ya en una de las calles del pueblo. Aquí empieza la cuenta atrás.

Un débil hormigueo me recorre la espina dorsal. Supongo que es la novedad, nunca me he metido en algo parecido, pero alguna vez tenía que ser la primera. Frunzo el ceño tratando de reducir el voltaje de la espalda y me echo hacia atrás pegándola contra el asiento. Me esfuerzo en respirar tranquilo; la conducción es serena. Quiero ignorar cualquier emoción, quiero trabajar sólo con la cabeza.

Un par de minutos y me estoy moviendo ya por el casco viejo. No hay demasiada gente en las calles, aunque se supone que es la hora de ir a currar y abrir los comercios. Hace frío.

Al fin enfilo la plaza. Está despejada, con todos los bancos de la glorieta vacíos y media docena de utilitarios aparcados alrededor. La basura continúa amontonada al borde de las aceras.

La rodeo hasta detenernos a unos treinta metros de la puerta de la sucursal del Santander, al otro lado de la calzada.

Echo un vistazo: no se ve peatón o coche moviéndose en toda la plaza.

Se ha esfumado cualquier sensación de peligro. El pequeño voltaje del espinazo ha desaparecido. Ni siquiera siento la tensión necesaria para actuar con frialdad. Es un estado de ánimo peligroso, tengo el sentimiento de que nada de lo que va a pasar me concierne.

Un tipo de mono verde se dirige por los soportales hacia la puerta de la sucursal. Es un tipo de estatura media y poco pelo; lleva las manos hundidas en los bolsillos del mono.

El tipo pone el pulgar en el botón del timbre. Mientras espera mira por encima de su hombro, en mi dirección, pero se oye el zumbido, la puerta se abre y el tipo entra en la sucursal.

No sé cuántas personas hay en el interior. Estarán los tres empleados y ahora el currante de mono verde. Parece un mecánico, seguramente es un tipo curtido.

Un par de coches se mueven al otro lado de la plaza, pero pasan de largo. Una mujer enlutada y con moño, a mi izquierda, cruza la calzada hacia la glorieta, lleva un bolso negro en la mano y camina deprisa.

Dentro del coche voy a llamar la atención: he aparcado a la sombra y, se supone, tengo que pasar frío con el motor parado. En el otro extremo de la plaza hay un montón de plazas de aparcamiento al sol.

Arranco y, despacio, como dudando donde aparcar, rodeo la plaza hasta detenerme de nuevo a unos cuarenta metros de la sucursal, en una zona de media sombra. El hombre de mono verde todavía no ha salido.

Puedo acercar el coche a la puerta y echar un vistazo, sin bajarme. Me gruñe el estómago, se me pasó acompañar el café con algo.

Un par de utilitarios, ahora un Audi 100 y un R-12, circulan alrededor de la plaza, buscando una zona de sol donde

aparcar. Un perro sin collar cruza trotando junto a la glorieta. Aparece ahora un furgón blanco, un Volks, ha irrumpido
en la plaza a mi derecha, va a más de ochenta, el rótulo dice
Jacinto Carpintería Metálica, reduce la marcha al cruzar junto a los contenedores de basura, en la ventanilla del conductor aparece una mano con una bolsa negra de la basura, la
bolsa vuela y va a parar al interior de uno de los contenedores abierto; la furgoneta desaparece por la esquina de la sucursal.

Echo un vistazo por el retrovisor a los coches aparcados
detrás de mí. Todos están vacíos.

Salgo del coche. Dejo la puerta entornada y cruzo la calzada.

Me detengo delante de la puerta de aluminio y cristal y
pulso el botón del timbre con la izquierda. Mi derecha aprieta la culata de la pistola en el bolsillo de la chupa. Advierto, a
través del cristal, que hay más clientes en el banco, es pronto
pero la gente madruga, es finales de mes y arreglan las cuen-
tas antes de ir a trabajar. Quizás abren a las ocho y media.
Procuraré que me atienda la chica, resultará más sencillo.

Un zumbido. Abro la puerta, voy a entrar pero no puedo hacerlo porque dos personas van a salir. Reconozco a la
que sale en primer lugar: Nieves.

La sorpresa me hace retroceder. Al reconocerme, ella se
detiene quedándose como el yeso a pesar de su color choco-
late. La puerta se cierra de nuevo a su espalda. Su acompa-
ñante es un tipo cualquiera, de color blanco. Me he quedado
sin ideas, desinflado. He sacado la derecha del bolsillo, vacía.
Nieves me mira con cara de pez. Mi mano se mueve y le cruzo la cara, lo hago un par de veces. Lo suficiente para hacer-

la aterrizar. No miro al tío, paso de él. Mi plan se ha desmoronado, sólo quedan escombros. Me da igual. Tengo que terminar lo que he empezado. Mi mano derecha busca la pistola en el bolsillo. Me acerco a la puerta y el pulgar de mi izquierda busca el botón del timbre. No tengo nada que hablar con Nieves, nada que decirle, ella me pidió que la comprara y yo lo hice pero nadie me obligó a hacerlo. Veo dos rostros al otro lado del cristal, el de la chica y el del empleado joven, espectadores asombrados de primera fila. Sé que no me van a abrir.

Regreso al Talbot. Pongo en marcha el motor y me abro.

La Mala Racha. La llevo ahí, a mi lado, en el otro asiento.

18

La comitiva es sólo un gran turismo detrás de la fiambrera. Ningún furgón con coronas. Dulce y Bielski en el asiento de atrás del gran turismo. El polaco con traje oscuro y corbata negra. Dulce con un chaquetón gris que alguien le habrá prestado. Ni Kinito ni ninguna de las otras chicas. Lo tienen que saber, seguro que lo saben. Pero Ruth se fue sin decir adiós, la clase de despedida que hiere el amor propio de Kinito, por eso Lula y Fina no se han atrevido a venir.

Son sólo tres currantes: dos enterradores y el conductor de la fiambrera. Entre los tres descargan el féretro. Dulce y Bielski ejercen de duelo. Ni siquiera hay un cura. Yo me he quedado a unos cincuenta metros, medio oculto detrás de una hormigonera, están construyendo mas nichos pero no se ve a ningún currante por aquí. Depositan el féretro en el suelo, delante de un nicho abierto en el segundo nivel. La fiambrera desaparece. Los enterradores colocan dos caballetes delante del nicho. Bielski gira la cabeza de golpe y me ve, estoy seguro de que ya me había visto; desvía de nuevo la mirada bruscamente como si hubiera sido mejor no haberme localizado, por cualquier razón, o temiendo que Dulce me descubra y se repita el número del depósito. Ahora no llevo las manos esposadas.

Rentero tampoco ha aparecido. Ni aparecerá. Tiene que saber que la pasma le busca. Un doble crimen. No estoy seguro de que se la haya cargado él, se me escapa el motivo. La chica no había sido maltratada, el que lo hizo sabía lo que quería. A lo mejor fue como un accidente, la golpeó pero algo salió mal. Si no ha sido él, ¿quién ha sido?, ¿y por qué? Es igual, Rentero se cargó al tipo de la camisa cromada, eso todos lo tenemos claro.

Los dos enterradores levantan el féretro, no debe de pesar mucho, es de madera fina, pino seguramente, y Ruth es un pajarito, lo colocan sobre los caballetes, luego lo levantan otro par de palmos y lo deslizan en el interior del nicho, con rechinar de arena. Uno de los enterradores retira los caballetes, el otro comienza a preparar la masa. Dulce y el polaco no esperan a que lo sellen, regresan donde el gran turismo y se van. Ha comenzado a llover.

No tengo nada que hacer aquí; no he avanzado nada. Enfilo hacia la salida. Un par de tipos en traje de faena vienen en mi dirección, deben de ser los currantes de la hormigonera.

Estoy a punto de alcanzar la avenida principal cuando oigo un toque corto de claxon, a mi derecha. Vuelvo la mirada y descubro el Volvo Sport aparcado como a unos treinta metros, junto a un panteón. Ella se encuentra dentro del coche, con la cabeza vuelta hacia mí, es a mí a quien claxonea. Salgo a la avenida y tomo a mi derecha dirigiéndome al Volvo. Ruth era su hermana. Pero no ha merecido la pena bajarse del coche.

Como a unos veinte metros delante de mí, a mi izquierda, en uno de los paseos que separan las filas de tumbas, medio ocultos por el tronco de un ciprés, se encuentran el Bola y al Asno. Miran en mi dirección pero no reaccionan, parecen a la expectativa. Es lógico que se encuentren aquí, Ruth es su caso. No sé si llevan también el de la camisa cromada, no me preguntaron por Rentero. El Bola husmeaba por Vaciamadrid, solo. No puedo rectificar el rumbo, continúo recto hacia el Volvo, estoy seguro de que lo han visto también. Cuando cruzo a su altura, el Asno me saluda con la mano, sonriéndome de un modo exagerado; no dicen nada.

Ella sale del Volvo. Ha tenido que advertir la presencia de los dos pasmas, pero no parece importarle.

La estudio mientras me acerco, no se ha separado del coche. Es menuda y bien hecha. Hoy toca traje sastre burdeos, con falda un par de dedos por encima de la rodilla, medias, o pantys, marrón oscuro. Resulta misteriosa. De arriba abajo. No sé si es porque estamos en un cementerio. Es perfecta. Ahora es muy deseable. Siempre que la tengo delante se borran todas mis ideas.

Se despega del Volvo para salir a mi encuentro. Me besa en los labios sin decir nada, como hizo en la Comisaría. Pero ahora su brazo ha ceñido mi cuello y su beso es prolongado. Mis manos descansan en su cintura, son torpes, como si temieran romper algo tocándolo. Estoy seguro de que me besa porque sabe que los pasmas nos están mirando.

—¿Quién eres tú? —le pregunto, susurrando, cuando separa sus labios de los míos.

Me mira a los ojos.

—¿No lo sabes? —su tono no es de extrañeza, es el de

siempre, el que emplea alguien que te habla sobre un pedestal.

No sé qué pensar. No sé cómo tomarla.

¿Quién es?

No encuentro una respuesta.

Me toca hablar ya que ella me mira en silencio. Indico con la cabeza hacia la fila de nichos donde se encuentra el de Ruth.

—Has llegado tarde.

—… Sí.

—¿Al entierro de tu hermana?

—Sí.

Sus respuestas son mecánicas, como siempre sucede con ella, me hace sentir que ya conoce la pregunta que le voy a hacer y quiere pasar a otra cosa.

Inclino ahora la cabeza en dirección a los pasmas.

—Ellos no me creen, no creen lo que les dije.

—Lo sé… Ellos… —su voz apenas se oye— ellos me han dicho que… fuiste tú… lo de Ruth.

—¿Tú tampoco me crees?

Ha hundido su mirada en lo más profundo de mis ojos, tengo que esforzarme en sostenérsela. Me pregunta, en voz muy baja pero segura:

—¿Tú?

—No. No he sido yo. ¿Por qué iba a ser yo?

Gira un poco la cabeza y su expresión se torna reflexiva.

—¿Le diste el dinero?

—… Sí. Me dijiste que estaba enferma, ¿qué tenía? —Me mira sin comprender—. Se escapó de una clínica, eso me dijiste.

De nuevo vuelve un poco la cabeza; luego afirma levemente, comprendiendo.

—… Las drogas.

—¿Drogas? ¿Se drogaba? ¿Qué clínica es ésa?

—Era drogadicta. Todavía tenía solución, pero ponía
poco de su parte.

—¿En qué clínica?

—… Pereira… Esteba.

—¿En Toledo?

—… Sí.

—¿Es una clínica de drogatas?

No contesta. Me pasa el dedo por la mejilla y me pregunta:

—¿Sigues creyendo… que ella ya no le hacía falta a él?

—Sí. —Es mi versión para todos: Rentero cogió el sobre
con los doscientos billetes grandes que ella me dio para Ruth
y se la cargó porque Ruth era ya sólo un estorbo. Pero Rentero no vio la pasta. Aunque seguramente sucedió así, sólo que
se la cargó por otra razón desconocida para mí. La tomo por
los codos, mi mentira me ha dado confianza—. ¿Por qué les
dijiste a los polis que yo había estado contigo?

—… Porque yo te he metido en esto y te lo debía
—murmura.

—¿Y mi dirección? ¿Cómo les diste esa dirección?

—… Lo comentaron entre ellos… en el coche, cuando
me fueron a buscar.

—¿Quién?

—… El gordo.

El Bola. Fue una trampa. Irene cayó en ella. Sin embargo, los pasmas no la han utilizado. Le aprieto los brazos.

—Salió bien.

—Sí, salió bien, pero…

—Pero…

—… Todavía no ha terminado, no todo ha terminado.

—¿Qué más podemos hacer? Dímelo. No hay nada más que podamos hacer.

Tengo sus ojos muy cerca, se refleja en ellos la luz fría de un día encapotado.

—… Te hice una oferta —musita.

—… Ya lo sé. No la acepté.

—… No la he retirado.

—¿Qué quieres? Ha terminado. Ese tipo, ese Rentero, enganchó la pasta y se esfumó. Andará lejos. Todo terminó. Nunca sabremos dónde se ha metido. Olvídate de él. ¿Quieres vengarte? ¿Es eso?

—… No puedo.

—Yo me he olvidado de él. Pero no de otras cosas.

Apoya su mejilla en mi pecho, su brazo ciñe mi cintura y me aprieta. Creo que no me ha oído, pero al fin pregunta:

—¿Qué quieres decir?

La tomo por la barbilla y la fuerzo a mirarme.

—Quiero decir que nunca he comprendido de qué ha ido todo esto. Hay más de lo que se ve, lo sé, no soy idiota. Lo sé desde el primer día, cuando me seguiste en el Volvo a la salida del Minerva. Pero me da igual, ¿me oyes?, me da igual. Entérate bien: paso de ello. No me importa. No te pido nada. Te hice un favor. Tú me lo devolviste. Está bien así. Y si no hago más preguntas es porque ya no me interesan las respuestas.

Desvía la mirada; durante unos segundos permanece en silencio, ausente. Al fin habla, como para ella misma:

—… No siempre hay una respuesta. A veces hacemos las cosas sin sentido, sin sentido para los demás, y quizá para nosotros también… Son los lados oscuros de las cosas, o es que hay diversas verdades…

—Me gusta escucharte. Pero para mí se acabó.

Continúa hablando para ella, como si no me hubiera oído, elevando la voz:

—… Si él tenía el dinero… ¿por qué lo hizo?… ¿Por qué? No tenía ningún motivo. No pudo suceder así.

Vuelvo la cabeza. Los dos pasmas han salido de detrás del ciprés, ahora están bien a la vista, miran hacia nosotros, parecen tensos.

—Tienen la oreja puesta. Sólo esperan a que les llegue un nombre. Dáselo. Diles que lo hizo Rentero. Tendrán un motivo más para buscarlo. Deja que ellos acaben el trabajo.

—… No tiene sentido —sigue sin escucharme.

—Sí para mí.

De golpe tengo sus ojos en mis ojos, como si hubiera estado esperando este comentario. Me fuerzo a continuar hablando:

—Tengo mis teorías…

—¿Teorías? ¿Qué teorías?

Mi dedo le levanta otra vez la barbilla.

—Se me ocurren varias… —hago una pequeña pausa—… ¿Qué tenemos ahí?… Chantaje… ¿Conoces la palabra?… Chantaje… Rentero hacía chantaje… ¿A quién? ¿A quién chantajeaba?… Si pienso un poco no tardo en encontrar un nombre… Sindy… Sindy, una chica que trabajó en un club llamado Zombi's y luego prosperó… Ruth sólo hacía de correo, y se negó a continuar porque esa Sindy, la del Zombi's, era su hermana, o porque le tenía miedo, porque se entrevistó con ella, para pedirle dinero y esa Sindy le disparó con una pistola… Rentero insistió, se puso duro, Ruth se negó a seguir y él la mató… ¿Cómo te suena?

Me responde de inmediato, sin inmutarse, sin desviar su mirada, como si ya conociera todas mis palabras antes de pronunciarlas.

—¿Qué diferencia hay? ¿Es dinero lo que quieres?, ¿es eso? Lo tendrás.

Su voz suena fría, tranquila, ni siquiera cínica. No estoy seguro de que me haya comprendido bien.

—No quiero dinero. Y ya da igual: con la pasta en el bolsillo, Rentero habrá viajado lejos.

Inclina ligeramente la cabeza hacia abajo.

—… Él sigue aquí.

Tardo en reaccionar.

—¿Aquí?

—Sí.

—… ¿Cómo lo sabes?

—Porque no tiene ningún sobre con dinero —de nuevo me mira a los ojos—. Tú no se lo diste.

—¿Te lo ha dicho él?

Mi tono ha sido demasiado agudo. Falso. He respondido demasiado rápido, no quería detenerme a pensar, tampoco sé si lo sabe o si sólo adivina lo sucedido.

—Ella. Me lo dijo Ruth. Me dijo que tú se lo enseñaste pero no se lo diste. Entonces no la creí, creí que quería más. Pero ahora sé que decía la verdad.

Sus ojos no se apartan de mis ojos. No logro controlar una sonrisa helada e idiota.

—… No lo quiso coger. Te lo devolveré… Sindy.

Sindy: mi última baza. Pero continúa sin mostrar ninguna reacción especial al escuchar este nombre.

—No es necesario que me lo devuelvas… —me pone la mano en el pecho—. Anoche equivoqué la hora de nuestra cita —vuelve la mirada fugazmente hacia los polis—. Ellos lo saben y me presionan para que cambie la declaración. No quiero hacerlo —sus labios rozan los míos. Musita—: ¿Por qué habría de cambiarla?

Sólo es una zorra, el resto lo ha fabricado mi cerebro.

La separo de mí, saco la mano y la sacudo en los morros. Retrocede llevándose la mano a la boca. Me mira lívida. Aparecen lágrimas en sus ojos. Sangra por el labio partido. No miro por encima del hombro para ver cómo reaccionan los polis. Estoy ciego. Voy hacia ella, la atrapo por la cintura y la empujo contra el coche. No opone resistencia. Cegado, hundo el morro en su cuello. Pega su mejilla contra la mía. Sus dedos se clavan en mi espalda. Le muerdo el cuello y le aprieto la cintura. Abro la puerta del Volvo y la arrojo adentro.

A horcajadas sobre ella le arranco la ropa. No opone resistencia. Tiene los ojos cerrados. Su labio sangra. Solloza apagadamente. Me arranco la ropa y me arrojo sobre ella. El frío de sus manos recorre mi espalda. Le separo las piernas con las rodillas y hundo la mano entre sus piernas. Sus dedos como ciempiés recorren mi espalda hasta la nuca. Sus piernas me aprisionan por la cintura.

Día gris, lluvioso; sólo llovizna, no se oye la lluvia sobre la carrocería del coche pero sí tamborilea sobre la cruz de hierro del panteón.

Nuestras respiraciones son profundas, acompasadas.

Los rostros apretados. Mi mano sobre su cadera. El calor de su cuerpo. Su cara húmeda. Podría permanecer siempre así, el tiempo se ha terminado.

Mueve el cuerpo. Apoyo los codos en el asiento para librarle de mi peso. Sus manos acarician mi pecho y los hombros.

—… ¿Es esto lo que buscabas? —me musita, todavía llorosa.

—Sí.

—… ¿Tan poco?

La Buena Suerte. Acabo de empezar algo, algo muy sólido, algo que se alargará en el tiempo.

—Vente conmigo.

Continúa acariciándome, en silencio. No voy a repetirle la propuesta. Poco después:

—… ¿Cuándo?

—Ahora.

—… ¿Ahora?… —silencio. Parece sopesar los pros y los contras—. No puedo.

—¿Por qué?

No deja de acariciarme, separa su mejilla de la mía.

—… Tengo que declarar… Debo hacerlo.

Sus manos se detienen, pone la derecha en mi nuca y me aprieta la cabeza contra ella hasta pegar de nuevo su mejilla húmeda contra la mía.

Deja de besarme y sus manos se detienen de nuevo. Me incorporo.

Me pongo la ropa, le echo el cierre a la cremallera y salgo del Volvo. Espero a que ella se arregle mientras mi mirada flota sobre las lápidas. Ignoro a los polis, como si todavía no hubiera advertido su presencia. Ella sale por la otra puerta pero entra de nuevo en el Volvo ocupando el asiento del conductor. Rodeo el coche y me inclino en su ventanilla.

—¿Y después?

La ventanilla sólo está bajada un par de dedos, su mano se mueve hacia el botón que la controla, pero se detiene, no la sube ni la baja. Habla sin mirarme. Se ha secado las lágrimas. Su labio ya no sangra pero se ha inflamado.

—¿Después?… No sé lo que sucederá después… No sé qué va a ser de mí.

Es mi turno, las palabras me arden en la boca pero no me atrevo a hablar. Unos segundos de silencio. Al fin:

—Podemos empezar algo juntos… los dos.

Parece pensarlo. Habla, dulce y obstinada:

—Deja que termine con esto. Estoy un poco perdida.

No se me ocurre nada.

—Vale.

Espera otro par de segundos, luego da vida al motor, mete la marcha, el Volvo se desliza, aumenta su velocidad hasta que desaparece al fondo de la avenida.

Me dirijo donde los polis, no permitirán que me largue sin hablar con ellos. Yo también quiero pasar página, estoy empezando otra cosa. Me observan acercarme, el Asno me sonríe abiertamente.

—¿Qué tal el polvo? —me pregunta cuando me detengo a un par de metros de ellos.

No le respondo.

—Enséñanos la suela de los zapatos —me ordena el Bola, grave, duro.

—Arriba esa patita.

No sé qué buscan. Levanto el pie derecho mostrándoles la suela del zapato.

El Bola no se molesta en mirar.

—Caerás, tú vas a caer —me amenaza avanzando un par de pasos y clavando el dedo índice en el aire en mi dirección—. Tenemos una pista del coche y un montón de huellas que están estudiando en el laboratorio. Tú caerás.

—No sé de qué va.

El Asno se acerca también, arrima los labios a mi oreja.

—De una paleta y un cortafríos.

Me pongo retador, con torpeza, para desviar la conversación.

—Yo tenía una pasta en casa. Alguien se la llevó.

—¿Ah?... ¿Una pasta?, ¿qué clase de pasta?

El Bola se acerca otro paso que me obliga a retroceder.

—Estabas limpio. ¿Otra mentira? ¿De dónde la sacaste?, ¿de dónde sacaste esa pasta?

—De su tarifa elevada.

—Buscaste dinero porque no tenías para sentarte al paño. ¿Adónde fuiste? ¿Quién te lo dio? ¿Quiénes eran los otros jugadores?

—¿Lo haces en los coches? ¿Siempre en camposantos?

—¡Levanta el zapato!

—En los camposantos hay tranquilidad.

Levanto el pie. No se molestan en mirar.

—¡Lo hiciste tú!

—Un solo golpe en la cabeza es como una firma. Lo del Minerva también fue cosa tuya. Vas dejando martillos por ahí, ¿nos tomas por carpinteros? ¿Qué pretendías?

—¡Levanta los zapatos!

Levanto el pie. No miran. Me tienen cogido, pueden encerrarme cuando quieran.

—… Lo hizo un tal Rentero.

—¿Las dos cosas?

—Sí.

—¿Lo hicisteis entre dos?

—¿Qué clase de nombre es ése?

—Es su guardaespaldas.

—Danos pruebas. ¡Levanta los zapatos!

—Lo hizo él —repito, en un tono más firme—. Era el chico de Ruth. Lo hizo él.

—Encaja. Él se la cargó y tú la enterraste para hacerle un favor. ¡Levanta los zapatos! ¿Estás sordo?

Levanto el pie. No miran. La mano del Bola me atrapa por la solapa.

—A esa chica te la cargaste tú. Lo sabemos. Sólo te sostiene la coartada que ella te ha fabricado. También hiciste lo del Minerva, no lo podemos probar pero lo probaremos. ¿Hasta cuándo?…, ¿hasta cuándo, eh? Tú no vives en esa calle, ¿acaso no lo sabes? Yo dejé caer el nombre cuando la traía en el coche. Ella no mantendrá esa mierda por ti, no mereces la pena, sólo eres mierda para ella y para nosotros, antes o después dirá la verdad. La dirá cuando nosotros queramos, porque es nuestro trabajo. Cuando nosotros queramos —me suelta—. Lárgate de aquí.

Mi mirada sólo roza sus ojos. Les doy la espalda y busco la salida del cementerio.

◆ ◆ ◆

Entro en una zapatería. Le digo al tipo que me atiende que me saque un buen surtido de zapatos. Sólo me interesa la suela: que el dibujo sean rayas cruzadas formando rombos.

Restriego los zapatos con tierra para que parezcan usados. Debo de llevarlos siempre puestos. Hasta que me los pidan y decir entonces que me los acabo de cambiar. Nadie me ha robado un par de zapatos. Nadie ha registrado mi habitación.

Sólo me quedan cinco billetes pequeños.

19

Aparece Kinito. En el reloj Mahou son las dos menos veinte. Hoy se ha retrasado diez minutos. Viene con la compañía de la última vez, el chapero con el que le vi saliendo del Minerva. Ocupan la mesa de siempre, se la reservan. El comedor está lleno.

Meto otro par de monedas. Los rodillos giran cuatro veces. Nada. Voy a la mesa de Kinito, separo la silla libre y me siento.

—¿Qué hay?

Me miran, mudos, les he cortado la conversación. El semblante de los dos es jodido. Después de unos segundos, Kinito reanuda la conversación, ignorándome, mi presencia le da igual, le da lo mismo tenerme a mí que tener la silla vacía.

—… ¿Qué más? —mira a su ligue a los ojos, su tono es de falsa ternura— ¿Tienes una nena? ¿Esa tal Mabel?

—Ésa misma —responde el ligue, retador, ignorando también mi presencia—. Tengo una nena, me gustan las nenas y vivir bien. Soy la hostia.

El tipo tendrá unos veinticinco, su aspecto es muy pijo. Kinito le mira, parece desbordado, sin saber qué responder.

—Tu problema es de visión: no ves la raya —el dedo de Kinito traza una raya imaginaria en el mantel—, por eso la cruzas de vez en cuando.

Se acerca la camarera.

—¿Hemos decidido?

Kinito hace su pedido, sin consultar la carta y sin mirar a la camarera. La compañía sí la mira.

—Un huevo, u-no, pasado por agua, pa-sa-do-por-a-gu-a, tres minutos —le muestra tres dedos—, tres.

—Yo misma lo vigilaré —la camarera me mira—. ¿El tuyo, cuánto?

—Yo ya he comido.

Cuando la camarera desaparece. Kinito continúa empleando el tono de falsa ternura para preguntarle a la compañía:

—¿Te acabas de levantar?... ¿Has pegado la oreja con esa nena?

—Nada de pegar la oreja. Hemos pasado la noche follando.

—¿Qué tal lo hace?

—De puta madre.

—¿No es demasiado joven para ti? ¿Cuántos años tiene? ¿Dieciocho, veinte? Sólo te traerá problemas, a esa edad no saben lo que quieren. ¿Por qué no te ligas algo mejor? ¿De unos treinta o así?

—Yo la enseñaré.

—¿Y quién te va a enseñar a ti?

—Tú, en mis ratos libres.

Kinito le mira, sereno.

—... Cruzas la raya continuamente, es a lo que me refería... Eres un niño, no has madurado, y es fácil que nunca madures.

—¿No es lo que te gusta de mí?

—No, no es lo que me gusta de ti. Te prefiero cuando no hablas. Entonces me puedo imaginar que eres de otra manera. Deja que me lo crea, hazme ese favor, dale esa satisfacción a este viejo.

La compañía se deja coger la mano, aunque me parece que le salen los colores.

—Yo también he estado con una nena —intervengo, cargándome la escena romántica.

Ninguno de los dos me presta atención.

—¿Sólo vas a comer un huevo pasado por agua? Te pueden hacer un zumo. ¿Quieres que vayamos a otro sitio? ¿No te gusta éste?

—... Estuve en un entierro.

Continúan sin prestarme atención, como si no existiera. Insisto:

—El tipo aquél, el de la máscara, era su novio y no apareció.

Kinito vuelve la mirada hacia mí.

—¿Y qué?

—Que es extraño porque estaban muy unidos. Yo lo vi. ¿Alguna idea sobre quién puede ser?

—¿No hablaste tú con él?

—Me pareció que te conocía.

—Mucha gente me conoce. Tú me conoces. ¿Te pones tú máscara alguna vez? ¿O la llevas siempre?

Llega la camarera y deja el primer plato de Kinito y el huevo pasado por agua.

—Ahora la lleva puesta —interviene el pijo dándole golpecitos al huevo con el mango del cuchillo, en un tono socarrón que no me gusta. Puedo hacerle tragar el huevo, con cáscara y plato.

—¡Eh, señorita! —le grita el gilipollas a la camarera que se encuentra tres mesas más allá.

La camarera se acerca.

—¿Qué le dije? ¿Es que no oye? ¡Tres minutos! ¿No entiende usted? ¡Tres minutos son tres minutos! ¿No tiene reloj?

La camarera mira al pijo, luego al huevo, al pijo otra vez.

—No me dejó vigilarlo el chef. ¿Lo vas a tomar o lo dejas?

—¡Yo no como esta mierda!… ¡Y no lo cobre!

—No te lo iba a cobrar a ti… Soy una profesional.

La camarera coge el plato con el huevo y se larga moviendo el culo.

—En pocos sitios saben hacer un huevo pasado por agua —intervengo yo—. Tres minutos justos. Sólo los hacen bien en la trena, porque ni el cocinero ni el que lo va a comer tienen prisa.

El pijo se crispa, pero echa el cuerpo hacia atrás.

—¿Tengo que soportar esto?, ¿al gilipollas éste?

—Cálmate, ya se iba —le calma Kinito cogiéndole de nuevo la mano. Me mira—. No sé quién era ese tío, ¿de acuerdo? Y ya no me interesa saberlo. ¿Vas a tomar café? No. Entonces desocupa esa silla.

Me levanto y me abro.

20

La clínica Pereira Esteba se encuentra en uno de los barrios modernos de Toledo, Villahermosa. A unos doscientos metros de una comarcal que creo que va a un pueblo grande que se llama Torrijos. Calles amplias, pinos en ambas aceras.

Calzada de doble vía, con una raya blanca continua en el centro. Una gasolinera, un taller de reparación de vehículos (pintura y chapa), almacén de materiales de construcción, cinco o seis bloques de pisos de tres plantas, un supermercado Día, y media docena de pequeños comercios.

El edificio de la clínica es de dos plantas, está pintado azul pálido y lo rodea un jardín con algún árbol y rosales sin rosas. En una de las jambas de la cancela principal una placa de cobre informa: Clínica Psiquiátrica Pereira Esteba.

Clac, clac, clac, un tipo sin afeitar, de mono amarillo, poda las ramas bajas de un arbusto delante de la puerta de urgencias.

Junto a la puerta espera una ambulancia, un furgón azul y blanco, con cristales traslúcidos y cruces rojas en la chapa, con el nombre, la dirección de la clínica y tres números de teléfono en la puerta posterior y el lateral.

Cruzo un pasillo con un par de puertas de vaivén y llego al hall principal. Me acerco al mostrador de recepción y pregunto a la chica que lo atiende por el director de la clínica, la chica me pide el nombre y luego me indica un sillón de cuero negro para que me siente y espere.

Rentero es mi baza. Dar con él. Que ella sepa que he hecho su encargo.

El mármol brilla, también brilla la madera rojiza del mostrador de recepción; la sillonería es de cuero, los ceniceros parecen de bronce y aquí y allá hay un montón de maceteros con plantas con todo el aire de ser auténticas. Es una clínica de pasta, supongo que ella correría con los gastos de Ruth.

La recepcionista no tiene más de veinte o veintidós años, con un ceñido uniforme de enfermera y nada debajo; una tez demasiado pálida para mi gusto, con feas ojeras.

Mi mano está a punto de extraer la cajetilla del bolsillo, cuando la recepcionista me indica, con el bolígrafo, una puerta con el rótulo «Fumen en el jardín».

En realidad es la salida de urgencias, por donde he entrado. Aprovecho, mientras trago humo, para echar un vistazo a la ambulancia aparcada. No comprendo para qué necesita ambulancias una clínica psiquiátrica, a no ser que sean ambulancias especiales para transportar chalados peligrosos.

Junto a la puerta se encuentra un tipo, de bata blanca, sentado en una silla leyendo un *Mortadelo*, con el cuerpo doblado en ángulo recto.

—Supongo que es aquí donde se puede fumar —dejo caer.

Me mira girando sólo la cabeza.

—¿Tienes un pito?

Le tiendo la cajetilla. Le doy fuego. Indico con la barbilla hacia la ambulancia.

—¿Estas ambulancias son para alquilar?

Echa el humo con fuerza. Tendrá unos veintidós o veintitrés años; su rostro es chupado y está mal afeitado, con las manos amarillentas y los nudillos inflamados. Lleva un aro de plata en la oreja derecha.

—¿Adónde quieres ir?

—… A ver la ciudad.

Cabecea afirmando.

—¿Quieres ver las piedras tumbado, eh?

—Sí.

—No quieres andar.

—No.

Este fulano no tiene ninguna pinta de conductor de ambulancias. Me pregunto qué clase de examen habrá pasado para obtener el puesto. Me acuerdo de la chica de recepción.

—¿Rehabilitación? —Eso es. El tipo se limita a dar una calada profunda al pitillo—. ¿Conducir una ambulancia es tu tratamiento? —Levanta la cabeza y expulsa con fuerza el humo hacia mí, sin molestarse en contestar—. Te están dando una oportunidad. ¿Y cómo lo llevas?

Tuerce el cuello de nuevo hacia mí.

—Otros dos como tú y necesitaré un buen chute.

—Ruth.

—¿Qué?

—¿La conoces? Una chica que estuvo aquí, Ruth. —Ni me mira ni me responde—. No hace mucho. En tratamiento, igual que tú. Diecisiete años, está muy bien, seguro que te fijaste en ella.

—No sé quién es. ¿Para qué la quieres?

—¿Cuánto llevas aquí?

—Un año. ¿Para qué la quieres?

—No sé dónde está.

No le pregunto por Rentero, me diría que tampoco le conoce. No me voy a precipitar, no voy a ser tan directo.

Diez minutos más tarde la recepcionista con ojeras me conduce al despacho del director.

No es director, sino directora. Doctora Berbel dice la placa de la puerta.

Mis zapatos dejan su huella en una moqueta de cuatro dedos de espesor, azul oscuro, en un despacho como dos veces mi garito, interior, con las paredes forradas de tela y un mobiliario pesado dispuesto alrededor de una mesa maciza, de madera, marrón oscura brillante. La doctora se encuentra al otro lado de la mesa, imprecisa en una silla giratoria, leyendo una revista que mantiene apoyada en la carpeta, o fingiendo que lee, con un rotulador amarillo entre los dedos. Levanta fugazmente la mirada hacia mí, pero no me saluda ni me ofrece asiento.

Puedo echarle unos cuarenta tacos. Y no necesito meter la cabeza bajo la almohada para imaginar, debajo de su crujiente bata blanca, un cuerpo fibroso, tipo rabo de lagartija. Me lo dice su rostro apretado, moreno, de mirada dura, con el pelo corto recogido detrás de las orejas.

Sin más, le digo:

—Es una información que supongo hubiera conseguido en recepción, siento molestarla. Pero prefiero tratar directamente con un médico.

Levanta interrogativa la mirada por encima de la revista.

—Sólo he venido a conocer sus tarifas —continúo, dando un rodeo, aprendiendo sobre la marcha a ser sutil, sé que tengo a mi lado la Buena Suerte—, quiero hacerme un chequeo, de arriba abajo y por dentro, cuánto tiempo me llevará y a cuánto ascenderá la factura... con pensión completa.

Me estudia, sin soltar la revista, fingiendo abstracción.

—¿Quién es el enfermo? —pregunta.

—Yo.

—¿Qué le ocurre?

No sé si he estado alguna vez enfermo.

—Bebo y fumo más de la cuenta... Ha sonado la alarma.

—No tiene usted mal aspecto —deja caer la revista, echa el rotulador sobre ésta y se reclina en la silla. Me da un repaso con la mirada; luego mueve los ojos hacia la puerta que yo he dejado entornada—. Ésta es una clínica psiquiátrica, privada, dentro de nuestros servicios incluimos los chequeos, sí, pero no al primero que entra por la puerta, a no ser que se trate de un caso urgente, y el suyo no lo parece. Tiene usted que pedir fecha, traer un aval bancario y se le citará para dentro de seis o siete meses.

Meto las manos en los bolsillos. No me gusta ese tono de suficiencia, con un cliente que va a pagar todos los servicios.

Saco de nuevo las manos, engancho una silla, la planto delante de la mesa y me siento.

—Soy cliente de un bar, el Minerva —la informo, barridas las sutilezas—, es un bar de alterne, un buen lugar. Han tenido una camarera, Ruth Duque. Hace tres días que ha muerto, muerte violenta, la golpearon en la cabeza, seguramente ha leído los periódicos... —no dice nada, se limita a estudiarme, con la boca entreabierta, haciendo girar el rotulador sobre la revista como una hélice—. Ruth tenía un amigo, Rentero. Le conoció aquí, trabajaba de camillero, me refiero a Rentero, de cocinero, o de algo así. Necesito dar con él urgentemente, no apareció en el entierro de Ruth. Sé que trabajó aquí, incluso puede que de nuevo esté trabajando aquí, o que alguien de la clínica sepa su dirección o dónde dar con él. Si alguien sabe dónde vive, dónde le puedo encontrar, me gustaría hablar con esa persona.

No funciona. Mi rollo no sirve de nada, he improvisado y no se me dan bien las palabras. La frialdad del recibimiento de la doctora me ha descolocado. Sólo espero a que mueva negativamente la cabeza para levantarme, cogerla de las muñecas y zarandearla como si estuviera vaciando un saco de virutas ordenándole que abra los ficheros. Haré algo mejor: le calentaré su culo de piedra. Con esa expresión arrogante se muestra tan por encima de mí la hija de puta que mis palabras rebotan en ella. Si continúa mirándome así acabaré empleando los puños.

Finge meditar lo que ha oído, muy tiesa en la silla, sin un pestañeo, como si su cerebro triturara mis palabras. El rotulador amarillo continúa girando. Contemplo sus dedos impulsando el rotulador, las yemas parecen electrodos por donde escapa la energía de su cuerpo de lagartija.

Me pregunta, irónica:

—¿Y esa Ruth dice que estuvo internada aquí?

—Se lo oí comentar una docena de veces.

Me observa durante unos segundos, para ver si soy capaz de mantener lo que he dicho —¿por quién me toma?—, luego se reclina en la silla.

—¿Ya no le duelen los pulmones?

—No. Ahora sólo me interesa la segunda historia. Aquí no hay tantos pacientes, tiene que conocerlos a todos. Y a todos los empleados. ¿Qué hay de Rentero?

—Esto es una clínica. ¿Cree que admitimos a esa clase de gente, camareras? Dice usted cosas absurdas.

—Tampoco era una profesional sirviendo copas. Ruth Duque. ¿Ha leído los periódicos?

—He leído los periódicos. Nadie con ese nombre estuvo nunca internada aquí. Si es tan urgente, ¿por qué no recurre a la policía?

—Ruth no sólo me dijo que estuvo internada aquí, también que hizo trabajos de rehabilitación, en recepción, ustedes la sacaron adelante, llevaba un tiempo sin recaer. Primero paciente y luego un trabajo no pagado como parte del tratamiento, en recepción y en otras cosas.

Se muestra relajada. Pero comete un error: insiste.

—No hemos tenido nunca una paciente con ese nombre —niega firmemente con la cabeza. Detiene el giro del rotulador en seco y, levantándose, lo arroja sobre la carpeta. Pero lo atrapa de nuevo, como si fuera un animal de compañía del que no se puede separar—. No hay nada que nosotros podamos hacer para que usted encuentre a ese individuo. Creo que tampoco con sus pulmones. Pero pídanos fecha por teléfono, si usted todavía cree que necesita ese chequeo. Buenos días.

Se levanta, se dirige a la puerta y la abre del todo para mí.

No me muevo de la silla. He comenzado a roer un hueso: la doctora no se ha negado a darme información, esto sería lo normal, aquí no facilitamos información sobre nuestros pacientes, sino que niega haber tenido una paciente con ese nombre, Ruth Duque. Es mentira. Irene me dijo que Ruth estuvo internada en esta clínica, que aquí conoció a Rentero, y no tenía ninguna razón para mentirme, me ha pagado mucho dinero para que dé con él. ¿Por qué la doctora lo niega?

—Ruth no era una chica fácil de olvidar —insisto, con la cabeza vuelta hacia ella—. Guapa, con clase, con carácter aunque sólo tenía diecisiete años. Rentero es un tipo fuerte, un atleta. Nunca le he visto la cara.

Su expresión no indica nada. Abre un poco más la puerta.

—Haga el favor.

No me muevo.

—¿Se necesita un permiso especial para conducir ambulancias? —le pregunto. Acaba de ocurrírseme que a lo mejor Rentero era conductor de ambulancias.

Me ofrece el pasillo con el rotulador, impasible.

—Salga de aquí.

—¿Qué tipo de servicios hacen? ¿Sólo transportar enfermos? Puedo pagar mi pensión empujando camillas, o atendiendo el teléfono, cobrando a los morosos… o como portero de noche en recepción. Recepción, ¿fue ése el trabajo que Ruth hizo, como la chica que tienen ahí?

—¡Salga!

Me levanto y voy donde ella.

—Después de esta entrevista puede que sí necesite un chequeo. ¿Qué tengo que hacer? ¿Cartas de recomendación? ¿Aval bancario? ¿Un brazo agujereado para conseguir un contrato para fregar suelos, eh?

—Esto es una clínica, no un supermercado. Buenos días.

—Ella estuvo internada aquí. Me lo ha dicho su hermana, venía a visitarla con frecuencia. Y aquí conoció a ese Rentero, conductor de ambulancias. Y él se la llevó de aquí. Y se la ha cargado. Por eso le busco. También le busca la policía, antes o después vendrán por aquí. ¿Vas a decirles también que no estuvo internada aquí?

No se molesta en responderme. Hundo los puños en los bolsillos y salgo del despacho. Cierra a mi espalda.

Al fin, después de todo, no he sacado la mano, no la he zarandeado un poco, no la he sacudido en el culo.

Y es que su representación de tercera ha puesto el mecanismo en movimiento.

Ha cometido un error con esa mentira innecesaria. Durante toda la conversación se ha mostrado lo suficientemente hermética y dura como para no dejar al aire sus pensamientos.

Me dirijo hacia la salida, deshilvanando la madeja que tengo en la cabeza, cuando cruzo delante de una puerta con el rótulo de Jefe de Personal. El mal sabor de boca que la entrevista me ha dejado me lleva a golpear la puerta con los nudillos. De inmediato una voz me responde adelante.

Nada más entrar me encuentro con un sujeto de bata blanca, de cuerpo cilíndrico, con gafas, de pie en el centro del despacho, mirándome con una expresión alerta, pero no de sorpresa.

—¿Qué desea?

La pregunta me llega antes de cerrar la puerta a mi espalda.

—Me envía la doctora —improviso—. Trato de dar con un tal Rentero. Trabajó aquí. Tienen que conservar su ficha.

El tipo no me ha escuchado: la respuesta que me va a dar ya la tenía en los labios antes de que yo abriera la puerta. Balbucea, agarrotado:

—No, no... no-hemos tenido a nadie trabajando aquí con ese nombre...

—¿Por qué no da un repaso a los archivos?

—No trabajaba...

—¿Como paciente?

—No, no sé... Quizá.

Rentero paciente. Esto sí que es una sorpresa. Tengo una corazonada.

—¿Les envían pacientes de Ocaña, para rehabilitación?

—Eso es cosa de la doctora, la doctora —me suelta con precipitación, como si no quisiera saber nada sobre el asunto.

—¿Los trae la doctora? ¿Algún tipo de contrato especial de rehabilitación?

—... Ella trabaja allí... Los trae... y los lleva.

—¿Es la médica de Ocaña? ¿A Rentero lo trajo ella?

—Sí, sí.

—¿La dirección de ese Rentero, entonces, es Ocaña?

—No, no lo sé... Venía todos los días —me abre la puerta.

—¿Quiere decir que no dormía aquí y lo traía la doctora?

—Sí, sí. Salga.

—Los hombres, ¿qué tipo de trabajos de rehabilitación hacen?

—... Limpian y sacan la basura. Discúlpeme, estoy muy ocupado.

Sobre la mesa hay un teléfono, estoy seguro de que ha sonado segundos antes de que mis nudillos golpearan la puerta.

El tipo me empuja hasta el pasillo y cierra a mi espalda.

Un vagabundo, de barba negra cerrada, escarba con un palo en el interior de uno de los contenedores de basura.

—¿Qué tal? —le pregunto —. ¿Cómo se han portado hoy?

—¡Grrrnnn!

Me mira hosco. Indico otro contenedor.

—¿Ése es el mío?

—¡Grrrnnn!

Este tipo no sabe hablar, me recuerda al quinqui del Tanga.

—¿Conoces a Reyes, el gitano?

—¡Grrrnnn!

—Compra estas cosas. ¿Dónde colocas la mercancía?

—¡Grrrnnn!

Abro el contenedor. El tipo enarbola el palo, amenazándome.

—¡Grrrnnn!

—¿Llevas mucho cubriendo esta zona? Antes aquí trabajaba un tal Rentero. Descargaba los cubos. ¿Le conocías?

—¡Grrrnnn!

No pasará de las amenazas, echo un vistazo al montón de basura. Huele a yodo, y casi toda la carga son cajitas de poliéster. El barbas seguramente no conoce a Rentero y si le conoce y me lo dice no sabré traducir sus palabras.

◆ ◆ ◆

Un minuto más y la doctora Berbel se me escapa. Sale a las cinco en punto por la puerta de urgencias. Lo cierto es que la veo de casualidad, al volver la cabeza para comprobar si continúa el noroeste por el movimiento de las ramas desnudas de un árbol. Va directamente al aparcamiento. En lugar preferente la espera un Mercedes SL plateado.

La sigo.

Tomamos una especie de avenida llamada Sánchez Bermejo. Luego un par de calles normales.

Conduce a marcha moderada. El tráfico es intenso; las aceras están muy pobladas. Cruzamos una rotonda para bordear una urbanización. Hay enjambres de niños por todas partes, se sacuden en la cabeza con las mochilas y, de vez en cuando, invaden la calzada. Se deja oír el toque seco de los cláxones.

Dejamos un bulevar. Recorremos tres o cuatro calles de amplias aceras, con árboles de tronco grueso podados al rape. No hay casi peatones por aquí, y pocos coches; los muros de los jardines son cada vez más elevados.

Pierdo el Mercedes cuando dobla una esquina. Segundos después, giro yo también. Se trata de una calle algo más estrecha pero con árboles de gruesos troncos. Está vacía: el Mercedes se ha esfumado. Conduzco hasta el fondo de la calle. Miro a derecha e izquierda en el cruce y me encuentro con las dos calzadas vacías.

O bien la doctora ha advertido que la seguía, lo que no creo probable, y ha pisado el acelerador a fondo para perderme, o el Mercedes ha sido engullido por cualquiera de las grandes cancelas que he dejado a mi espalda. Giro en redondo para tomar de nuevo la calle, avanzo despacio, mirando a derecha e izquierda.

Sólo hay tres cancelas en toda la calle: Villa Roda, Los Monjes y Villa Lorenzana. No puedo adivinar por cuál de las tres ha desaparecido el Mercedes.

Recorro la calle, arriba y abajo, un par de veces, y al fin me detengo delante de la cancela de Villa Lorenzana.

Ya fuera del coche, estudio lo que tengo delante.

¿Cincuenta?, ¿cien metros? Si las cuatro fachadas tienen la misma longitud, esta cancha será, seguro, la mayor de toda la provincia. La altura del muro será de unos tres metros y está protegido con una visera de terrazo y pintado en un tono crema. Al otro lado de la cancela se vislumbra un jardín frondoso, con cuidados setos y parterres y gruesos árboles. Sobre el muro asoman las copas de hongo de unos pinos.

Ahí dentro, en algún lugar, hay una mansión, Villa Lorenzana, el nombre está rotulado en unos azulejos en la jamba derecha.

La cancela me obliga a detenerme y decido bajarme del coche.

Parece una pieza muy cara, de gruesos barrotes rematados en hoja de laurel, con adornos de racimos forjados. Tres racimos, el del centro de mayor tamaño, con sus correspondientes hojas y sarmientos entrelazados, formando un arabesco en la parte superior.

Contemplo estos racimos de forja, sin pensar en nada. Estudio el arabesco, en realidad son dos letras entrelazadas: una P y una E. Pereira Esteba.

Espero durante una hora, dentro del Talbot, con la mente en blanco; de vez en cuando levanto la mirada hacia el retrovisor.

La doctora Berbel no aparece durante todo este tiempo, ni ningún otro coche cruza la cancela para entrar o salir de la mansión.

21

Tomo la M-30. Recuerdo que en algún lugar, como a un kilómetro, o así, corta López de Hoyos. El Zombi's no puede caer lejos, a la altura de Arturo Soria, no recuerdo el lugar exacto, hace ya tres o cuatro años que estuve en ese antro, una sola vez. No estoy seguro de que continúe abierto.

Tardo como una media hora en encontrarlo. Continúa abierto. Aparco el Talbot en un hueco libre que hay casi delante de la puerta.

La fachada no ha cambiado mucho de cómo la recuerdo, ahora es todavía más cutre; el edificio es viejo, de cuatro plantas. El letrero también es viejo: fluorescentes blancos, grises por el polvo y el hollín depositado en ellos durante siglos. La puerta está entornada. Son cerca de las seis.

Es un antro. Las paredes del pequeño vestíbulo necesitan una buena mano de pintura; apesta a humedad de desagüe, hay manchas de humedad en el techo, de alguna tubería rota. Se oye música al otro lado de la espesa cortina granate con rebordes de badana negra, es música de flauta campestre.

Al otro lado de la cortina me encuentro con la sala principal. Sólo hay un par de lámparas encendidas, está en pe numbra. Hay un pequeño escenario a nivel del suelo y un par de docenas de mesas pequeñas alrededor del escenario, las sillas están recogidas sobre las mesas. Cuatro chicas bailan en el escenario, con tangas de lentejuelas y rabo y cuernos de cabra. Un tipo grande y peludo, en tanga también, con cuernos y rabo de diablo, está sentado al borde del escenario, tiene abierta una caja de herramientas y parece estar arreglando un cable. La música de flauta viene de unos bafles que hay al pie del escenario. Las chicas se mueven bailando y balando como cabras de verdad.

Me dirijo al tipo.

—Busco a alguien.

Levanta la mirada pero no me responde. Le está colocando cinta aislante a un cable.

—Sindy… ¿para por aquí?

Corta la cinta con los dientes.

—Aquí no hay ninguna Sindy.

—¿No es ninguna de ésas?

—Ninguna.

No voy a sacar nada de este tipo. Sobre una silla hay una polla de plástico como de un metro, con correas; supongo que se la calza para atacar a las cabritas. Salgo de allí.

Cruzo delante de una puerta con una placa de plástico: «Privado». Abro y echo un vistazo: la luz está encendida, parece una especie de despacho. Entro y cierro a mi espalda.

Hay una mesa llena de papeles y un par de archivadores. Abro todos los cajones de los archivadores. En uno de ellos encuentro un montón de carpetas, cada carpeta lleva un número, un nombre y un apellido. No están colocadas en orden. Las reviso una a una.

Oigo gritar a las cabritas. El peludo las debe de estar atacando con la polla de plástico. Encuentro la carpeta que buscaba: Ramona Duque (Sindy).

Sindy es su nombre artístico. Duque es el apellido de Ruth. Sí que es su hermana. No viene ninguna foto. Hay un par de hojas grapadas que parecen un contrato. También una ficha con una dirección de Madrid y los números del carné de identidad y de la Seguridad Social. La fecha es de hace tres años.

Oigo abrirse la puerta a mi espalda. Miro sobre el hombro y veo al peludo detenido en el hueco de la puerta, con la caja de herramientas en una mano y la polla de plástico en la otra. Parece sorprendido al encontrarme aquí revisando sus archivos.

—¿Qué haces aquí?

—Ninguna Sindy.

—¡Fuera!

Deja la caja de herramientas en el suelo pero no la polla. Le arrojo la carpeta de Sindy que le golpea en el rostro.

—En tu idioma y en el mío. ¿Dónde está ahora?

—¡Fuera!

Pero no da un paso adelante. Me abalanzo sobre él y le estrello contra el marco de la puerta, trata de interponer la polla entre los dos. Le aplasto el cuello con el antebrazo como si no tuviera un cuchillo para cortárselo.

—¿Dónde trabaja? ¿En la cuadra? ¿En la central lechera? ¿Dónde?, ¿dónde?, ¿dónde?, ¿dónde trabaja?

Su rostro se pone púrpura.

—¿Sabes hablar?

—... Vale... —regurgita—. ... Las... palmó.

Cede la presión de mi antebrazo.

—¿Las palmó?… ¿Cuándo? ¿De qué?

—… De… mandanga.

Heroína.

—¿Cuándo?

—… Hace un año… por ahí.

Me muevo por Entrevías, despacio. Es pronto.

Otra mentira. No es su hermana. Una mentira que la primera vez pudo tener algún sentido. Pero luego podía haberse sincerado y no lo hizo. No le ha merecido la pena sincerarse con Florín. Ruth nunca estuvo en la clínica de locos, no se drogaba, pero Rentero sí, internado o trabajando, y ella sabía que yo podía buscarlo allí.

¿Qué significo yo para ella? ¿Qué quiere de mí? Que encuentre el rastro de Rentero. ¿Sólo eso?

Aparco al borde de la acera. Saco la fotografía de la comparsa de Carnaval. La estudio. La fecha al dorso me dice que es una foto de hace cinco años. Todos los componentes de la comparsa son tíos fuertes, de hombros anchos, incluido reina Sofía. Kinito conoce la identidad de reina Sofía, estoy seguro. Pero nunca se lo sacaré, nadie se lo sacaría. Noventa por ciento de probabilidades de que reina Sofía es Rentero.

Levanto la mirada. Al fondo de la calle, a unos cien metros, enfrente, en un edificio de cinco plantas, en los balcones del segundo piso, hay un rótulo que ocupa toda la fachada a lo largo: Gimnasio Max.

◆ ◆ ◆

Es un gimnasio de fisioculturistas. Aunque es todavía pronto, diez o doce tipos están en plena faena. Me dirijo directamente al fulano detrás del mostrador, a la derecha de la puerta de entrada. Tiene también los músculos de adorno de un fisioculturista.

—Estoy tratando de localizar a alguien... alguien que venía a este gimnasio... Rentero.

El tipo me responde, rápido, sin dudarlo, como si estuviera esperando mi pregunta, moviendo la mirada hacia un reloj que hay en la pared.

—Todavía no ha llegado. Entre las cinco y media y las seis.

Trato de ocultar mi desconcierto.

—¿Viene todos los días?

—Casi todos.

En el reloj de pared son las cinco y diez.

—Vale.

El cajón se llena de monedas... Meto otras cinco... Pulso la tecla...

El cajón se llena de nuevo de monedas... Cojo un puñado y las voy metiendo en la ranura, sin contarlas...

... Advierto que el reloj Fanta indica las seis y veinticinco, lo tengo como a tres metros y lo acabo de ver. Recojo las monedas y las echo al bolsillo.

Pillo la pistola de la guantera del Talbot y la meto en el cinto, a la espalda, debajo de la chaqueta.

En la escalera del gimnasio me cruzo con un madero, un tipo grueso, con bigotes de morsa.

El recepcionista levanta la mirada nada más verme y me dice:

—Acaba de salir... —se mosquea—. Te has cruzado con él.

Se refiere al madero. Salgo. Ya no hay nadie en la escalera.

Salgo a la calle. Miro a derecha e izquierda y le veo a mi derecha, alejándose, como a unos cincuenta metros. Le sigo. No es el Rentero que yo ando buscando. Se detiene junto a un Seat Toledo blanco aparcado al borde de la acera, saca las llaves, abre y se mete adentro. Voy a por el Talbot.

Cruzamos Entrevías. Va a marcha moderada, deteniéndose en los pasos de cebra, dándole al intermitente al doblar una esquina. Dejo un par de coches entre los dos, para que no me localice por el retrovisor.

Como unos diez minutos más tarde, mete el Seat en una plaza de aparcamiento en batería, es una calle ancha, con árboles. Aparco yo también, a unos treinta metros. Observo cómo sale del Seat, cómo cruza la calzada y entra por una puerta con un letrero en la parte superior: Comisaría.

Espero cinco minutos. Salgo del Talbot y me dirijo directamente al madero que hace guardia en la puerta de la comisaría.

—¿Rentero, está? Quiero hablar con él.

El madero me estudia de la cabeza a los pies.

—Nombre.

—... Lucio.

—... Espere.

Un par de minutos y aparecen en la puerta los dos maderos. Yo he cruzado de nuevo la calzada. El madero de guardia me busca con la mirada, cuando me localiza le indica al madero con bigotes de morsa dónde me encuentro. Éste duda un poco, luego, con decisión, cruza la calzada.

Se detiene a un par de metros de mí.

—¿Qué pasa? ¿Querías algo?

—¿Rentero?

—… ¿Quién eres tú?

Espero un par de segundos; luego, mirándole a los ojos:

—Busco a reina Sofía. —El tipo es incapaz de controlar un fugaz gesto de desconcierto—. Necesito hablar con él.

Me estudia, como para sacar mi verdadero nombre por mi aspecto.

—¿Qué eres?

—¿Qué soy? Qué más da.

—… ¿Policía?

—No. Necesito hablar con reina Sofía.

—… No sé dónde está. No conozco a ninguna reina Sofía.

—Tengo algo para él, es bueno. Díselo.

Desvía la mirada e inclina la cabeza, todavía está mosqueado, pero ha bajado la guardia.

—¿Dónde conociste a… esa reina?

—En la clínica.

Me estudia. Lo piensa. Abre un poco la boca dejando la mandíbula floja. Me mira.

—Buscas a mi hermano… No quiero saber nada de él. Ya me han interrogado media docena de veces y es suficiente… ¿Eres de la Criminal?

—Soy un colega suyo, no tuyo. Tengo algo para él. Dile:

«Un tío tiene algo para ti»; ahora no necesitas decirme dónde está, limítate a llevarle el recado. Volveré en un par de horas, ¿de acuerdo?

—Vamos despacio. Espera. … ¿Qué tienes para él? No puedo ir con las manos vacías… si es que sé dónde está.

—… Pasta.

—… ¿Cuánto?

—Mucha.

—… ¿Qué pasta es ésa?

—… La de la mujer del Volvo Sport. Díselo así.

—El Volvo Sport. Claro… Dámela, yo se la llevaré.

—No.

—¿No te crees que soy su hermano?

—Creo que no es no.

Mueve la mandíbula, quiere hacerme ver que está pensando.

—Veré qué puedo hacer. Espera.

Da media vuelta y regresa a la comisaría.

Entro en una cabina. Marco el número de Irene.

—Dígame.

—¿La señora?

—… La señora ha salido. ¿Quién es, por favor?

—Soy Florín. Es urgente.

—… Un segundo, por favor.

Transcurre un minuto.

—Soy yo.

Es su voz.

—… Quiero verte.

—… ¿Ahora?

—Sí.

—… No puede ser. Tengo un montón de problemas encima.

—Tengo que verte.

—… Ahora no puedo.

—¿Por esa declaración?

—… Sí.

—Necesito verte.

—Estoy… estoy reuniendo algo de dinero…

—Sólo quiero verte… Sindy.

Unos segundos de silencio.

—Necesito verte —insisto.

Más silencio. Al fin:

—… Hay una oficina, Construcciones Mañueco… en Madrid, calle Orense, en el 17.

—¿Allí?

—Sí. Me están acosando. Los periódicos.

—¿Ahora?

—… Sí.

Colgamos.

Espero. Supongo que bigotes de morsa estará haciendo una llamada. Si tarda en aparecer me largaré.

Un par de minutos y bigotes de morsa aparece en la puerta de la comisaría. Me localiza con la mirada y cruza la calle. Su expresión es reflexiva. Se detiene delante de mí.

—¿Cuánto has dicho que tienes para él?

—Mucho.

—Necesito saber cuánto, de quién y por qué.

—… Mucho. De una mujer. El por qué no lo sé.

—Un nombre, si no no hay trato.

Ella de nuevo.

—… Irene.

Espera, como si aquel nombre tuviera que alcanzar un lugar muy profundo en su cerebro.

—… En Canillejas, el cine Astoria, ¿sabes dónde está?, enfrente, en el 61. Apúntatelo en la cabeza, no te lo voy a dar en un papel.

—Ya lo he hecho.

—A las once.

—¿Hoy?

—No olvides el paquete.

22

Aparco en doble fila.

Es un edificio nuevo, de diez plantas o más, parece sólo de oficinas. El portal es amplio, con el suelo y las paredes de mármol negro veteado, y una buena alfombra sujeta con barras doradas a los cuatro escalones que llevan a los ascensores. Un garito en este edificio es una tarjeta de presentación con la palabra pasta. Construcciones Mañueco está en el sexto piso, lo indica un panel. Me meto en el ascensor y aprieto el botón.

Mis zapatos dejan marcas en el brillante parquet de tono claro en el pasillo que se alarga a derecha e izquierda. Hay un ventanal al fondo, a la derecha. He tomado esta dirección. Hay puertas a ambas manos, con diversos rótulos. Son todo oficinas. Cerradas, ya han pasado las siete. Encuentro la de Construcciones Mañueco, es la última del pasillo, a la derecha. Puerta de doble hoja, la placa es grande, de metal: Construcciones Mañueco. Hay un timbre. Pulso el botón. No suena. Pulso otra vez y tampoco suena. La puerta tiene un picaporte dorado, lo hago girar y la puerta se abre.

Son cuatro habitaciones sin puerta, salvo una de ellas,

comunicadas por un arco, parecen vacías. La única puerta
que hay es de dos hojas y está abierta de par en par. No enciendo la luz, se ve lo suficiente con el resplandor de las farolas y luminosos de la calle que entra por el ventanal. La habitación con puerta parece el despacho principal.

Está amueblada con un par de mesas modernas, un sofá,
dos sillones y algunas sillas. Con el ventanal por donde llega el
resplandor de la calle Orense. Un televisor en el suelo y un teléfono negro sobre una de las mesas es lo único un poco fuera
de lugar. Abro los cajones de las dos mesas. Hay diversos jue-
gos de llaves, supongo que son de la oficina y del portal.

Me siento en un sillón, me toca esperar.

No tengo otra cosa que hacer así que me entretengo en
sacar al escenario a todos los tipos encaprichados de Ruth,
como el Gustavo ése. Hay unos cuantos. La chica estaba
bien, y sabía sonreír cuando quería. Casi todos son representantes o camioneros. Ninguno me parece nada especial, salvo
Gustavo, aunque también abundan los tipos como él.

Me levanto y conecto el televisor. Sale una imagen: diez
o doce filas de público riéndose, pero sin sonido, muevo los
botones, lo golpeo y continúa mudo. Lo apago. Me siento de
nuevo. Espero.

¿Por qué me miente? Trata de llevarme siempre al mismo sitio: Rentero. Ruth nunca estuvo en esa clínica, no se
drogaba, no tenía marcas en los brazos y Kinito nunca la hubiera contratado, tampoco estaba loca. Pero en esa clínica sí
estuvo Rentero. Es alguien muy importante para ella. Chantaje. No puede ser otra cosa. Algo muy grande, algo que la
pone en peligro. Un peligro importante. No sólo es dinero,
hay algo más.

De nuevo el zumbido del ascensor, eso me parece. Escucho. Es el ascensor, y creo que se detiene. Oigo las puertas abriéndose y cerrándose, o me lo imagino. Ahora sí oigo tacones en el parqué, acercándose, lo oigo bien, a esta hora no debe de quedar mucha gente en esta planta. Los pasos se detienen delante de la puerta de Construcciones Mañueco. Me levanto. La puerta se abre y aparece ella.

Me ve. Pero permanece en el vano. Pantalones y zamarra, en la penumbra adivino que es de un tono café con leche o hueso. Mira alrededor, sin cerrar la puerta. A pesar de la penumbra parece sorprenderle el estado de abandono de la oficina.

—Cómo está esto… —cierra la puerta y viene hacia mí. Pero a medida que se acerca va reduciendo el paso, como si dudara—. Mi foto ha salido en los periódicos. ¿No la has visto?

Esto último me suena raro, a coquetería.

—Sólo quería verte a ti.

Se acerca y sus labios rozan mis labios, pero sus manos no me tocan ni me mira a los ojos.

—Estar aquí significa mucho riesgo para mí —ahora sí me mira—. ¿Sólo verme?

—Y algo más…

Voy a abrazarla pero sus manos en mis brazos me detienen.

—¿Qué?

—… Sindy.

Lo piensa durante unos segundos. Retira las manos y se vuelve dándome la espalda. Se acerca al ventanal, no es una huida, está tranquila.

—¿Qué quieres saber?

—¿La conociste?

—… Sí.

—¿Qué más?

—… La conocí. Trabajé con ella… no en el Zombi's, en otro lugar… A Ruth no la he conocido hasta hace unos días… Yo era muy joven, necesité salir adelante —se vuelve—. ¿Es lo que querías saber? ¿Para qué?

Ignoro su pregunta.

—¿Lo sabe tu marido?

—… Sí.

—¿Cuál es el problema, entonces?

—¿Qué problema?

—Ese Rentero te chantajea. Eso lo sé.

De nuevo se vuelve hacia el ventanal. Ahora sí tengo la impresión de que lo ha hecho para no enfrentarse conmigo.

—… ¿Le has encontrado?

—Todavía no… Esa declaración, ¿tiene algo que ver con todo eso?

—… Sí.

—¿Te va mal con tu marido?

Se toma su tiempo para responderme.

—No, no me va mal con mi marido… No quiero declarar contra él pero estoy obligada a hacerlo —se vuelve—. ¿Comprendes de qué te estoy hablando?

—No demasiado.

—La ley me ordena declarar, pero yo no quiero hacerlo. Sin embargo, lo haré.

—¿Por qué?

Se encoge de hombros.

—Ni siquiera le quiero. Iba a dejarle. No tengo nada contra él, al contrario, se ha portado bien conmigo.

—¿Y qué pasará?

—Yo declararé y él irá a la cárcel.

—¿Por qué lo haces, entonces? Hay cosas que yo no sé.

—Sí, hay cosas que tú no sabes.

Su mirada se pierde en la calle. Su voz me llega lejana:

—… Es mi segundo matrimonio, he estado casada antes… No ha habido fallecimiento ni divorcio…

Deja la frase colgando. Espera que el resto lo ponga yo. O ha hablado para ella, una historia que se ha contado muchas veces y busca ahora un sonido nuevo.

A lo que me ha dicho le pongo una traducción: bigamia. Todo encaja un poco mejor.

—¿Es lo que sabe ese Rentero?

—Bigamia —habla para sí misma—. Ni siquiera sé lo que dice la ley sobre eso.

—¿Lo puede demostrar?

Tarda en responderme.

—Él dice que sí… No lo sé, no sé si lo puede demostrar.

—¿Por qué cedes entonces?

Mi pregunta parece no llegarle porque continúa mirando a través del ventanal.

—… Tenía dieciséis años cuando me casé por primera vez… No duró nada, se fue y no supe más de él… Hace un año me casé de nuevo. A los seis meses apareció ese Rentero… Conoció a mi primer marido en Ocaña y éste le contó la historia… No quiere dinero.

Deja de hablar, como invitándome a intervenir.

—¿Qué es lo que quiere?… ¿Esa declaración?

—… Sí.

—¿Y qué gana él con eso?

—No lo sé… Quizá trabaje para otra gente. A mi marido le sobran los enemigos —se vuelve bruscamente—. Yo no quiero que vaya a la cárcel. Se lo debo.

No sé qué decirle. Entonces se acerca. Sus brazos ciñen mi cintura. Apoya su cabeza en mi pecho. Se aprieta contra mí. No es la primera vez que hace esto, es otro de sus papeles.

La levanto en brazos y la llevo al sofá. La beso. Le desabrocho la camisa delicadamente, le beso la piel, todo el cuerpo. Su mano acaricia mi nuca.

Musita:

—… Puedo reunir una buena cantidad. Mi marido me la ha ofrecido; pero voy a rechazarla.

Hablo contenido yo también.

—¿Puedes negarte a declarar?

—… Rentero me obliga a hacerlo. Se lo he explicado a mi marido… O él, o yo. Lo comprende, por eso me ofrece dinero. Yo no quiero hacerlo, pero ¿qué otra salida me queda?

—¿Cuánto te ofrece?

—… Demasiado. No he aceptado, no lo puedo aceptar, en la cárcel no me serviría de nada.

—¿Cuánto?

No contesta, creo que no lo va a hacer. Al fin, con voz empañada.

—… Qué más da.

Sus labios buscan los míos.

Trato de pensar. Tengo ideas pero me cuesta ponerlas en orden. Sé que es la Buena Suerte. Tengo que pensar en ello, meterme dentro de mi cerebro y cerrar la puerta. No puedo fallar, debo de pulsar la tecla exacta, sólo pulsar una tecla, no me puedo equivocar.

—¿Cuándo vas a declarar?

—… Mañana.

—¿Mañana?

—Sí.

—… ¿A qué hora?

—… A las doce… ¿Por qué?

Pulsar la tecla exacta. Me despego de ella, la cojo por la barbilla y vuelvo su cabeza hacia mí.

—Porque no vas a declarar. Díselo a él, a tu marido. No lo vas a hacer. Dile que te arriesgas a ir a la cárcel pero que lo haces por él… Que necesitas su dinero para marcharte. Esta noche nos vemos aquí… A las doce. Ven con tu maleta y con lo que él te dé.

—¿En qué… en qué has pensado?

—Esta noche, a las doce, con tu maleta y todo lo que él te dé. Déjamelo a mí. No tienes nada que temer.

Parece esperar que continúe hablando, pero no añado nada, no sé qué más puedo decir.

Sé que debe ser así, concentrarme en una sola cosa.

De nuevo mi piel toca su piel. Me acaricia en silencio. Durante mucho tiempo. Al fin, se separa de mí y se viste sin decir nada. Me besa de nuevo levemente en los labios. Oigo sus tacones dirigiéndose a la puerta, oigo cómo la abre y la cierra y luego el taconeo alejándose hasta que éste se apaga.

Me incorporo rápido.

◆ ◆ ◆

¿Por qué la sigo? No lo sé. Porque no estoy seguro de ella. Me ha engañado demasiadas veces. Todo lo que me dijo sobre Ruth. Lo de su marido, Mañueco, ofreciéndole dinero. No me encaja, no es lo que haría un gitano que la ha sorprendido morreándose con otro. Me gustan sus besos, su cuerpo, pero entre los dos siempre se alza ese muro de terciopelo, invisible y firme.

Procuro que haya tres o cuatro coches entre el Volvo y el Talbot. El Volvo se desliza con suavidad en el tráfico de esta hora. No tardamos en llegar a la raqueta de la M-30. Hemos cruzado el puente y esto quiere decir que tomaremos dirección norte. No va a Entrevías, no va a su casa.

Diez minutos más tarde nos encontramos, ella delante y yo unos cincuenta metros detrás, en la autovía de Burgos.

Tengo la impresión de que vamos lejos, quizás a un pueblo de la sierra. Prefiero no pensar, sólo seguirla. Por eso conecto la radio… Dial… *hemos escuchado a Los Trogloditas y ahora es el turno del Trío Malik Jacub*… Nos alejamos de Madrid.

Sólo han transcurrido unos cinco minutos cuando el intermitente del Volvo parpadea. Levanto el pie. Vamos a tomar la salida que conduce a Colmenar.

Poco después, el Volvo gira de nuevo a la derecha para meterse por lo que parece ser, a la luz de los faros, una carretera alquitranada, pero muy estrecha. Apago las luces y lo dejo distanciarse. Luego tomo esa carretera, a ciegas, con la nariz pegada al parabrisas para no zambullirme en la cuneta.

Un kilómetro o por ahí y la carretera se hace todavía más estrecha, las zarzas arañan la carrocería del Talbot y los chinarros restallan contra los bajos. Parece una vía de servicio para unas obras, una urbanización o algo parecido. No veo el Volvo pero sí el resplandor de sus faros. Temo que advierta mi presencia por lo que de vez en cuando levanto el pie y la dejo distanciarse.

Setecientos metros y la carretera desemboca en una zona abierta de movimiento de tierras. Hay unas cuantas palas y niveladoras, ahora paradas, están aparcadas junto a tres casetas de obra bien iluminadas por focos en postes de madera.

Toco el freno, todavía en la carretera, me detengo y apago el motor. Bajo la ventanilla. Veo la puerta del Volvo cerrándose y a Irene dirigiéndose a una de las casetas.

La puerta de la caseta está abierta y sale luz de ella. Aparece un tipo en la puerta, ve acercarse a Irene y, después de un par de segundos, la saluda con la mano y entra de nuevo en la caseta. Antes de que Irene llegue aparece en la puerta su marido, Mañueco. Se besan en los labios. Hablan. Él la escucha. Al fin afirma levemente con la cabeza. Ella le enlaza por la cintura y los dos entran en la caseta. Unos diez segundos y el tipo que ha aparecido primero y otros dos, con casco, salen de la caseta cerrando la puerta a su espalda.

Ella ha venido hasta aquí a hablar con su marido. Ha venido a decirle que no va a declarar y a pedirle el dinero.

23

Cine Astoria. La casa al otro lado de la calle es el número 61. Coincide con lo que dijo el madero. Aparco unos treinta metros adelante.

Saco la pistola, la compruebo, el cargador está completo y hay una bala en la recámara. No sé si dispara. La meto en el bolsillo de la chupa. En el reloj del salpicadero son las 22.32. Dejo las llaves puestas, salgo del coche.

Es un viejo chalé, grande, antiguo, de dos plantas. Está deshabitado, ruinoso. Todas las ventanas están cegadas con tablas. Otras tablas ciegan la puerta, con un pequeño hueco en la parte de abajo, por donde entran y salen los gatos y las ratas.

Las puntas de las tablas son cortas y no me cuesta desclavar un par de ellas. Toda la fachada se encuentra en penumbra, los conductores que cruzan por la calle pueden advertir que alguien trata de entrar en la casa, así que actúo entre coche y coche. Retiro las tablas y me cuelo adentro; vuelvo a colocar las tablas, sin clavarlas.

Se ve poco. Me valgo de la escasa luz de la calle que se filtra por las rendijas de la puerta y las ventanas. Levanto las manos hasta tocar las paredes de lo que debe de ser un pasillo. Avanzo tanteando con la punta de los zapatos el terreno que piso. El suelo es de madera pero no gime. Está lleno de escombros. Huele a yeso seco y a cagadas de gato.

Me he anticipado a la cita. No quiero sorpresas.

Encuentro el hueco de una puerta a la derecha. Entro. Parece una habitación amplia, con un par de ventanas cegadas, creo que dan a la calle del cine Astoria. Mis dedos tantean. A la derecha encuentran lo que parece ser un armario ropero desvencijado, es un armario de lunas, la escasa luz que se filtra por las rendijas de las dos ventanas se refleja en ellas. Cruzo la habitación con cuidado pisando escombros, cuando llego a la pared me vuelvo. Tengo la puerta enfrente, las dos ventanas a mi izquierda. Pego la espalda a la pared y espero.

Las ventanas dan a un cruce de calles, la luz de los faros de los coches, al girar, se filtra por las rendijas de las tablas y barre la habitación. La luz no llega al lugar donde me encuentro, pero sí barre el hueco de la puerta.

Media hora… Oigo detenerse un coche delante de la casa. Pero no oigo ninguna puerta abriéndose o cerrándose… Un minuto y oigo cómo retiran las tablas de la puerta, con cuidado, el que las retira procura no hacer ruido. Debí haberlas clavado de nuevo… Pasos. Cautelosos, tanteando. Avanza muy despacio pisando escombros. Un paso cada quince segundos, se detiene y espera. El tipo se detiene escuchando a ver si le llega algún sonido. Sólo puede ser Rentero.

Aparece una figura en el hueco de la puerta. A la escasa luz que llega de la calle reconozco la figura de reina Sofía. Su rostro está en las sombras pero es la misma figura de atleta. Permanece sin moverse en el hueco de la puerta, sus ojos deben de escudriñar la oscuridad, no creo que me vea. Unos faros barren las paredes de la habitación, el armario y el hueco de la puerta. Durante un segundo veo sus facciones con claridad. Ése es Rentero. Nunca le había visto. Rasgos pesados, no encajan bien con su cuerpo de atleta, su expresión me ha parecido cansada. No tengo ninguna duda de que se trata del reina Sofía de las fotos.

Me despego de la pared, con la pistola en la mano y el brazo pegado a la cintura.

—Rentero.

El tipo clava la mirada en mi dirección, no me puede ver como yo le veo a él. Se oye el rugido del motor de un camión doblando la esquina. Esto hace que su respuesta se demore unos segundos.

—… Sí.

—Me parece que ya nos conocemos.

—… Eso parece.

Ha demorado un poco su respuesta, pero habla con aplomo, me suena a aplomo forzado. Ninguno de los dos parece dispuesto a llevar las riendas de la conversación. Me siento como en una partida. La Mala Racha se ha ido para siempre, no me voy a apresurar.

—¿Tienes algo para mí? —pregunta, al fin.

No sé si ha visto la pistola, avanzo un paso. Estamos como a dos metros uno del otro.

—No.

Silencio.

—… ¿Por qué la cita?

—Ruth.

Más silencio.

—Yo no lo hice. No lo hice yo.

—Se golpeó ella sola con un martillo.

—¿Crees que lo hice yo… o quieres creerlo?

—Las dos cosas.

—Escucha…

Hace ademán de moverse para dejar el hueco de la puerta.

—Quieto.

Se detiene.

—… Te conozco poco, pero me han hablado de ti… No he venido aquí por ese dinero, que si lo tuvieras no me lo darías, como no se lo diste a Ruth… Estoy aquí para informarte, para decirte que no la conoces, que no sabes nada de ella… —su voz se vela un poco—. Su aspecto te ha engañado…También me engañó a mí… Su aspecto de niña no refleja lo que es, lo que piensa… Es muy dura… sólo hay dureza en ella… Te ha engañado su juventud, su voz y su cara de niña… Ésas son sus armas, también las empleó conmigo.

Deja de hablar, como si hubiera cumplido su cuota.

—¿Cuándo?

—Cuando estuve casado con ella.

Lo primero que pienso es que lo que acabo de oír no es del todo una sorpresa para mí. Rentero su primer marido. Mi mente se ha quedado limpia, como si hubieran pasado por ella un paño húmedo.

No sé si Rentero ha dejado de hablar porque espera algún comentario mío, o porque ya ha dicho todo lo que tenía que decir. ¿Comentario? Yo sí que no sabría qué decirle. Lo que me domina ahora es la decepción, la decepción conmigo mismo porque tengo la sensación de que esta pieza la había encajado hace mucho sin saberlo. Lo que acabo de oír no es del todo una novedad para mí, estaba ahí desde el día en que la oí pronunciar la palabra Rentero por primera vez.

—… Se lo conté a Ruth y trató de aprovecharlo —continúa Rentero—. La llamó reclamándole el dinero que tú no le diste y ella dijo que se lo llevaría. Ruth cometió el error de darle nuestra dirección.

—Y tú no estabas en ello.

—Yo estoy en ello, estoy en ello… pero de otra forma… Sólo trato de impedir que declare contra su marido. Él me pasa un poco de dinero…

Casi en voz alta me digo que nada de esto me importa, que es algo que está al margen de nosotros dos.

—Bigamia. ¿Es ésa tu carta?

—No, no tengo ninguna carta. No puedo acusarla de bigamia… No puedo hacerlo pero ella no lo sabe…

—¿No eres su primer marido?

Suelta un jadeo ronco.

—Yo también me he vuelto a casar… con Ruth. ¿Lo coges? Matando a Ruth me deja las manos libres. Voy a acusarla de habérsela cargado.

Ahora soy yo el que parece divertido.

—¿Ella?

—Sí.

Se oyen tres puertas de un coche cerrándose al otro lado de la calle.

—¿Te vas a plantar delante de un poli a poner la denuncia? —No me responde. No he logrado cargar mis palabras con el suficiente tono irónico—. ¿Vas a denunciarla enviando anónimos? —le aclaro—. Tienes a la mitad de la pasma detrás de ti.

Avanza un paso hacia mí.

—Quieto.

Levanta las dos manos a la altura de los hombros para que yo vea que está desarmado.

—Estoy en el tercer grado, hago rehabilitación en una clínica y se me ha olvidado pegar la oreja en el jergón un par de noches. No tienen otra cosa contra mí.

—Te buscan un montón de polis. Deben de echarte mucho de menos.

—… Buscarán a otro, no a mí.

—No me trago esa historia. No la veo partiendo cabezas con un martillo. No es su estilo. Sí parece un papel a tu medida.

—Hay gente moviéndose en su órbita, como haces tú, no eres el único. Ella sólo da órdenes… Yo… yo quería a Ruth.

Casi se le ha quebrado la voz.

—Querías más a un sobre lleno de billetes.

Apoya una mano en lo alto del armario, como buscando una referencia en la penumbra.

—Estás equivocado…

No, el equivocado es él. No sabe que no me importa, me resbala que ella se la haya cargado.

La puerta del armario se abre chirriando. Se oye el rugido de un camión doblando la esquina, la luz de los faros se filtra por las rendijas de las ventanas y se refleja en la luna de la puerta del armario. El destello me ciega como un flash. Le oigo moverse, me viene encima un montón de madera, me agacho, algo me golpea en la cabeza. Le oigo moverse pero no sé dónde está. No me decido a disparar. Está en el pasillo. Cruzo corriendo la habitación.

Reboto contra las paredes y avanzo tropezando. Veo la claridad del hueco de las tablas de la puerta. Veo su sombra moverse al otro lado. Voy a asomar la cabeza cuando me detiene un estampido que golpea secamente el aire. Veo a Rentero en la acera. Se tambalea.

Voy a gritar pero me detengo. No le debo nada a Rentero. Él me debe a mí unos cuantos problemas.

Asomo la cabeza entre las tablas. Otro estampido. Rentero viene hacia mí, tambaleándose, el rostro desolado, la boca entreabierta. Sus ojos me miran fijamente pero sé que no me ve.

Un Peugeot 505 está aparcado delante del cine.

Salgo por el hueco. Rentero se detiene, avanza otro par de pasos, se detiene, avanza… y cae desplomado estrellándose contra los escalones. Me dirijo al 505 gritando:

—¡Se acabó!, ¡se acabó! ¡Soy yo!

Distingo tres figuras detrás del Peugeot. Reconozco la figura gruesa del Bola. Están quietos, no se mueven, me miran. Cruzo la calzada.

—¡Suficiente!

No oigo el estampido. Sé que estoy en el suelo, siento que me han arrancado de cuajo el brazo izquierdo. Me encuentro de rodillas sobre la acera, tratando de sacar con la mano izquierda que se ha desconectado de mi cerebro el pañuelo del bolsillo del pantalón, veo estrellarse en el pavimento gotas de sangre que no sé de dónde salen. Me zumba la cabeza. Levanto la derecha y disparo, sin apuntar. Oigo dos estampidos casi a la vez, como un estampido acompañado de su eco. Estoy corriendo agachado. Mi brazo se balancea, no puedo controlarlo, es ajeno a mi cuerpo, lo llevo pegado a la chupa. Choco contra el Talbot. Abro la puerta y me arrojo adentro. Abro el contacto, el motor gime, empujo la palanca del cambio, piso el acelerador y me alejo culebreando con la puerta abierta.

Voy retornando al mundo real. Advierto que ruedo por una calle muy ancha y mal iluminada, sin tráfico. La cruzan otras calles. La luz de los semáforos parpadea. Ahora soy consciente de que han tratado de cortarme en dos. Mis ojos encuentran el retrovisor exterior, sé que me estoy buscando una herida en el hombro que no conseguiré ver. Se reflejan en el espejo un par de faros. Me doy cuenta de que estoy conduciendo con el brazo derecho apoyado en el volante; el brazo izquierdo es como si me hubiera quedado sin él.

Más calles que no reconozco. Sin rumbo. Son más estrechas ahora y con más tráfico. Adivino que lo que tengo al fondo es el cruce de la M-30, pero no estoy seguro. Giro y dejo la calle, me encuentro con una raqueta, la enfilo pero giro el volante con todo el brazo para salir de nuevo, me claxonea histérico un Opel blanco. Sólo va una persona en el Peugeot 505, ahora logro verlo, será el Bola. No ha logrado hacer la maniobra que yo he hecho, o no ha querido hacerla, me parece que no lo ha intentado. Le veo alejarse por la M-30, dirección sur.

Continúo conduciendo, perdido, por calles que no conozco. Quiero saber la hora, no sé por qué, pero soy incapaz de calcularla. Sólo que es de noche, la cita era a las once, recuerdo que el cine Astoria tenía las luces encendidas. No sé dónde me encuentro, no sé qué barrio es éste, por las casas es un barrio cualquiera. Me siento más seguro. No soy capaz de tener dos pensamientos seguidos.

A cada latido del corazón el hombro me duele, el dolor se extiende como las ondas de un pitido, abarcando cada vez más. Ahora siento un poco el brazo izquierdo, me abrasa, es como si estuviera creciendo, como si surgiera al rojo de un montón de brasas.

Veo la cruz encendida de una farmacia. Me voy deteniendo. Al fin lo hago delante de la puerta. El lado izquierdo de la chupa está empapado, la sangre me llega hasta la cintura porque noto la humedad debajo del cinto; el dolor se concentra en un punto en la parte superior del hombro, es como si cargara con una viga al rojo. Me levanto el faldón de la chupa y miro el asiento, no se ha mojado, pero tengo el cinto y la parte superior del pantalón empapados. No estoy mareado, sé que si no dejo de sangrar no tardaré en estarlo. Pero también sé que no puedo permitirme llamar a ese timbre.

24

En un rincón hay una pila de periódicos viejos. Me quito la chupa como puedo, el dolor me hace temblar, pillo un periódico con la derecha, lo abro, lo sacudo, hago una pelota con él y la aprieto contra la herida. Estoy en los servicios de un bar. El espejo es mugriento. No sé dónde está el bar, en una calle. Hago otra pelota de papel y la aprieto sobre la primera que se ha empapado al instante, no sé si servirá de algo. Tengo demasiadas cosas en la cabeza y el dolor no es la más importante. No me queda pasta.

Sólo hay un par de clientes en la barra, parecen cargados. Atiende un viejo, será el dueño. Es salir de los servicios y ya no me quita ojo. Me sitúo en el extremo de la barra más alejado de los dos clientes. Le pido al viejo un café. Llevo la chupa echada sobre los hombros, es azul marino y no se nota la mancha de sangre; tiene un agujero por donde entró la bala, creo que la bala también salió, que no se quedó dentro, pero la chupa sólo tiene un agujero. Los tipos se enrollan sobre una mujer.

Me reviso otra vez los bolsillos con la derecha y compruebo que no me queda ni una moneda para pagar el café.

No creo que se me haya caído el dinero, sólo que me he quedado sin pasta. El viejo me sirve el café. No deja de mirarme. Uno de los tipos pone como ejemplo a Victoria Abril, repite el nombre un par de veces. Tengo hipnotizado al viejo.

Los tipos pagan y se largan. El viejo continúa mirándome, mira también hacia la puerta. Me mira de nuevo y el pavor se refleja en su rostro: sabe que le voy a atracar.

—… Le daré lo que quiera… —balbuce.

—Lo que tenga en la caja.

El viejo abre la caja y saca los billetes. Una mano temblorosa los deja sobre la barra delante de mí.

—… No tengo más…

—Las monedas.

Tarda en recoger toda la calderilla. La deja sobre la barra. Pillo las monedas haciendo montones con la mano derecha y los voy echando al bolsillo. Son las doce menos diez en el reloj Fanta que hay sobre la registradora.

Entro en la oficina de Construcciones Mañueco. No enciendo la luz, veo perfectamente con la luz de la calle, el ventanal no tiene cortinas ni persiana. Atranco la puerta con una silla. Ahora no siento nada el brazo izquierdo, esto no sé si es bueno o malo. Enciendo el televisor, el sonido sigue sin funcionar: unos patos surcan las aguas de un pantano, parece que es primavera. Me siento en una silla y me dedico a esperar. No sé la hora exacta, supongo que no debe de faltar nada para las doce.

Estoy solo. Todos estamos solos. No tenemos amigos, todo lo más asociados. Ella no sé lo que es, qué significa, pero es lo único que ahora tengo.

Cambio de canal. Sale un reloj: las 12.43. Ella se retrasa.

En el servicio hay dos rollos de papel higiénico. Arrojo a la taza los dos pegotes de periódico empapados y me pongo una compresa muy gruesa de papel higiénico. Creo que he dejado de sangrar.

Engancho el teléfono y marco su número. Me responde la señal de comunicando.

Me tumbo en el sofá y cierro los ojos. Ahora el brazo izquierdo ha regresado, lo noto hasta el codo, me abrasa. Ella se ha retrasado pero estoy seguro de que vendrá.

La primera luz del día entra por el ventanal. El televisor continúa encendido. Me quedé dormido sin darme cuenta. Siento el brazo izquierdo hasta la punta de los dedos, muy caliente, ahora es como si el resto del cuerpo se me hubiera desprendido. Siento también un hormigueo recorriendo el brazo, como si tocara un cable de cobre con la punta de los dedos. Me levanto. Un poco de vértigo, estoy algo mareado. Las cuatro habitaciones están vacías. Ella no ha aparecido. Me apoyo en una silla, luego en la mesa y marco su número. Comunica.

Miro por el ventanal. El nuevo día se abre paso, ya circulan los autobuses. No sé qué voy a hacer. La herida no me preocupa, sólo me preocupan las ideas que hay en mi cabeza. Algo le ha ocurrido. Sólo puedo esperar y marcar su número de vez en cuando.

Arrimo una silla a la pared y me siento. Continuaré esperando, hasta que aparezca, no tengo otra cosa que hacer y éste es un buen refugio, cuando tenga hambre bajaré a comer.

No sé por qué de pronto recuerdo las voces. ¿Discuten? No, no es una discusión, Ruth se defiende y le insulta. Es sólo un monólogo, Ruth dispara palabras con precisión, arrojando sus dardos sobre Rentero que la sacude con la correa como si estuviera obligado a hacerlo.

Abro los ojos. El día ha madurado. En el televisor sale la imagen de una locutora, cambia la imagen y sale Irene, en la calle, rodeada de micrófonos, traje sastre oscuro, expresión seria, grave, la acompañan dos tipos con gafas. Conozco el edificio donde entra: los Juzgados de la Plaza de Castilla. Me precipito al televisor para elevar el sonido pero no tiene sonido. Cambia la imagen apareciendo de nuevo la locutora. Irene estaba citada a las doce. Caigo en la cuenta de que está obligada a presentarse, aunque sólo sea para decir que no va a declarar. No ha podido venir. Ya nada tiene que temer de Rentero pero no sé si lo sabe.

En la escalinata de los Juzgados hay un enjambre de periodistas, con cámaras y micrófonos. Delante de la puerta vigilan guardias de seguridad. La gente que entra en los Juzgados saca del bolsillo una tarjeta que debe de ser un pase especial.

En un bar engullo una bollo con un café. El brazo izquierdo me arde, desde la punta de los dedos al hombro, también me duele, es un dolor profundo, como si sólo fuera el hueso, y sé que va a más, aunque despacio; la herida se está infectando. Calculo que podré aguantar hasta por la tarde. Tengo la puerta de los Juzgados en mi campo visual.

No sé cómo es el despacho de un juez, nunca he estado delante de un juez. Supongo que estará sentada en una silla, y alguien a un lado de la mesa del juez apuntará todo lo que dice. El juez le hará preguntas y le mirará a los ojos tratando de adivinar si le miente. Desconozco qué hará, no sé si ella tiene que mentir o decir sólo lo que sabe.

Ha transcurrido más de una hora cuando el enjambre de periodistas sale de golpe de la siesta; se arremolinan en la escalinata. Una de las puertas de cristal se abre, aparece un tipo de traje gris y luego lo hace Irene. La escoltan otros dos tipos fuertes. Los periodistas se abalanzan sobre ella haciéndola detenerse y casi retroceder. Le ponen una docena de micrófonos delante de la cara. Salgo del bar y me abro paso. Irene desciende la escalinata como puede. Le hacen mil preguntas. Ella ignora los micrófonos, las cámaras, las personas, su expresión es la de alguien con una idea en la cabeza abriéndose paso por una calle llena de gente. La tengo a sólo tres metros, uno de los gorilas me cierra el paso.

—¡Irene!

No vuelve la mirada, no me ha oído, no sé si ha salido la voz de mis labios o si sólo he creído que gritaba su nombre. Su expresión está vacía.

Entra en un BMW. Uno de los gorilas ocupa el asiento del copiloto, el otro se sienta a su lado. El coche se pone en movimiento y desaparece.

A eso de las dos doy con Santos, ya en Parla. Sólo puedo conducir con la derecha y en todo el trayecto no he sentido el pie sobre el acelerador. Le he encontrado en casa de su suegro, en Culebro. No llevo encima nada de oro. He dejado la chupa y me he echado por encima un viejo impermeable de pescador que había en el Talbot, me permite maniobrar.

—Necesito una cura.

—Tienes buen aspecto.

—¿Dónde vamos?

—Aquí mismo.

—¿Cuánto?

—Cinco billetes pequeños.

Le doy el reloj.

Entro en la comisaría de Parla. El madero de guardia me conduce al despacho del Subcomisario. Es un tipo grande, con muy poco pelo, de aspecto frío, ocupa su puesto detrás de una mesa.

—¿Qué quiere?

—Me están buscando.

Su expresión cobra cierta vida.

—¿Quién?

—La policía.

El tipo me estudia sin mover los ojos: no es normal que nadie se plante delante de su mesa y le diga que la policía le está buscando.

—¿Qué ha hecho?

—Es lo que quiero saber, por qué me buscan.

Me estudia de nuevo, no sabe cómo tomarme.

—¿Cómo se llama?

—Lucio Florín.

Su silla se desliza hacia atrás y se sitúa delante de la pantalla de un ordenador. Teclea una serie de datos, supongo que será mi nombre y quizás algo de mi descripción. Un minuto después, ocupa de nuevo su puesto detrás de la mesa.

—No hay ninguna denuncia —me dice, clavándome la mirada—, ahí no está su nombre… ¿Por qué piensa que le buscan?

—… Es lo que creía. Alguien me lo ha dicho. Se ha equivocado.

Continúa estudiándome, como buscando por dónde atraparme. Me indica la puerta con un gesto seco de la cabeza. Salgo de allí.

No me buscan, nunca me han buscado. Lo tienen todo sobre mí pero lo dejan pasar. Yo no les intereso.

El Talbot se queda sin gasolina en Atocha. Si estoy limpio no quiero enredarme por el coche. Lo dejo al borde de la acera, con las llaves puestas.

25

He podido quedarme en Parla, en mi garito. No me buscan, nunca me han buscado. Pero estoy seguro de que ella vendrá, antes o después vendrá.

Enciendo el televisor sin ninguna razón, para que el parpadeo de las imágenes me haga compañía.

Me tumbo en el sofá y cierro los ojos. Sólo tomé un bollo con el café pero no tengo hambre. El dolor se ha extendido por parte del pecho, es un dolor ardiente pero no intenso, el dolor de fondo se ha detenido y lo puedo soportar. No me importa el dolor.

La tarde avanza. Todas las oficinas han debido de cerrar, no se oye ajetreo por el pasillo. No voy a encender la luz, prefiero esta penumbra.

Vendrá. Va a venir. Si han encerrado a su marido tendrá asuntos que resolver. Ya sabrá lo de Rentero, habrá leído el periódico o alguien se lo habrá contado. Quizá su marido a última hora no ha querido darle el dinero.

Una vez más escucho el zumbido del ascensor, ya sé distinguirlo de otros sonidos. Creo que se detiene. Adivino las puertas abriéndose y cerrándose. Enseguida oigo los pasos y la conversación de dos mujeres, las oigo muy bien y entiendo lo que dicen porque hablan casi a gritos. Una de ellas dice que arriba está todo pero que no baja a por las llaves porque le duelen las piernas, la otra se burla de ella. Son las mujeres de la limpieza iniciando su faena.

Me estoy quedando adormilado, no sé si es el hambre o la herida. Enseguida adivino de nuevo el sonido del ascensor. Luego las puertas. La noche se ha hecho dueña del ventanal, aunque no sé la hora. Pasos en el parqué, pasos firmes que se acercan. Me incorporo.

Los pasos de detienen delante de la puerta. No ocurre nada, unos diez segundos. Al fin oigo girar la manilla. La puerta se abre, despacio, pero se abre del todo. No es ella. Reconozco la silueta que se perfila en el hueco: es el Bola. No se mueve porque me ha visto en la penumbra. Lleva puesta una chupa que debe de ser un loden. Tiene la mano derecha hundida en el bolsillo. Me observa. Está solo. Entra y cierra la puerta a su espalda, sin volverse, sin dejar de mirarme. Luego se acerca, despacio, sin sacar la mano del bolsillo. Se detiene a un par de metros.

—¿Llego tarde? —es una pregunta, pero no busca una respuesta—. Es igual, no tienes adonde ir.

El ventanal está a mi espalda, tiene que verme a contraluz. Nos estudiamos en silencio. No sé cómo ha dado conmigo. Ella se lo ha dicho, la han detenido y se ha visto forzada a hablar.

—Sólo he venido porque me interesa la pistola que cogiste de un cajón y que tan mal has empleado… ¿Dónde está?

No ha sacado la mano del bolsillo. Tengo la pistola metida en la parte delantera del cinto.

—Aquí.

Echo la mano al cinto. El Bola reacciona sacando su derecha empuñando una pistola con la que me apunta.

—¡Despacio! Cuando yo te diga y como yo te diga. Con la izquierda.

—... No tengo izquierda.

Me estudia. Parece advertir que estoy herido.

—La derecha... despacio... y sólo dos dedos.

Echo la derecha al cinto y saco la pistola sosteniéndola con el índice y el pulgar, se la muestro.

—Déjala sobre la mesa.

Le obedezco. Cambia su pistola a la mano izquierda. Se acerca a la mesa y coge mi pistola. Guarda la suya en el bolsillo del loden. Retrocede un paso. Tiene el brazo pegado al cuerpo, sostiene la pistola con firmeza. No sé qué más quiere, ya tiene mi pistola.

—... Ladrón de joyas de Carnaval.

Su tono ha cambiado, ahora ya no es duro, en realidad es un tono que nunca le he oído emplear, es parecido al del Asno, entre irónico y desdeñoso. Ha cambiado de pistola. Y «Ladrón de joyas de Carnaval». Sabe que fui yo. Sabe que yo me llevé las joyas de cíngara. Lo ha sabido siempre.

Oigo en el pasillo a las mujeres de la limpieza, no entiendo lo que dicen pero se acercan.

—¿Fuiste tú el fotógrafo? —le pregunto.

Parece concentrado en la conversación de las mujeres. Una de ellas dice que para qué coño sube si luego tiene que bajar, la otra replica que para ayudarla, y la otra que no necesita ayuda, que ha tenido siete hijos y nadie la ha ayudado, que los tuvo en el hospital.

—… Tengo una Nikon y una Kodak —me contesta el Bola, en un tono de modestia ahora—, pero sólo soy un aficionado. Revelo en casa. Voy a exponer este verano, una exposición colectiva, nada importante.

—¿Dónde? —le pregunto, no quiero pensar.

—¿Te interesa la fotografía? —indica con la cabeza hacia un lado—. En la Casa de la Cultura de Entrevías… Tres fotografías… Dos de ellas de niños, de allí, del barrio, niños corrientes, no mendigos ni nada de eso, niños saliendo del colegio, jugando al fútbol, uno de ellos con la camiseta del Atlético de Madrid… Ha quedado bien.

—¿Y la otra?

—La otra es un paisaje… Una carretera con cipreses, ya quedan pocas así. Cruza un furgón amarillo entre los cipreses, el efecto es muy bueno… Esperaba que apareciera la chica en el club y apareciste tú, fue una sorpresa. Cambié de modelo… ¿Me escuchas? También fotografié a un tipo con la camisa amarillo cromo, le fotografié al entrar en el Minerva, pero no al salir porque ya no salió, al menos por su propio pie… Volvió a suceder, la esperaba delante de su casa y aparecisteis los dos.

—… Quizá sucedió así.

Se mueve de lado hacia el televisor, se inclina y gira el botón del sonido pero el televisor permanece mudo. Gira el botón a fondo, con cierta impaciencia, pero el televisor continúa mudo.

—Sucedió así.

Mira a su alrededor, buscando algo, una radio, quizá.

—… Ella no quiere que la molestes más —añade.

Se oye el rugido de un autobús en la calle. Veo elevarse el cañón de la pistola, casi imperceptiblemente. Chirrían los frenos del autobús al detenerse en la parada. Silencio.

—¿Ella?

—… Sí. Su marido ha muerto… Se había escondido en una casa abandonada de Canillejas… Dimos con él pero nos hizo frente —levanta un poco la mano con la pistola—. Con esta arma.

Trata de ilustrarme, pero no acabo de coger de qué va. Miro de reojo por el ventanal: junto al autobús hay una cola de unas doce personas que se disponen a subir por la puerta delantera.

—Me estás hablando de su primer marido.

—Su primer marido, sí… Marido A. Es una mujer, casi una niña, muy hábil… se ha quitado de encima de una tacada a marido A, a marido B y a donnadie C. Los tres ya sólo sois leyenda.

—¿Y tú?

—¿Yo?… Yo sólo soy un fotógrafo aficionado y un nombre en un par de nóminas. Alguien que hace fotografías porque se aburre… No tengo familia, ni perro, ni gato, o un pájaro, no me gustan los animales. El trabajo de policía es más aburrido de lo que parece, es monótono, siempre detienes a los mismo tipos por las mismas cosas, como tú, con las mismas preguntas para obtener las mismas respuestas, como tú, el mismo juez que os pone a tipos como tú la misma condena para meteros en la misma celda. —Mira por el ventanal, yo también lo hago: quedan ocho pasajeros en la cola del autobús—. No hay acción violenta, eso sólo sucede en las películas, o en América, aquí muy pocos delincuentes vais armados, y a muy pocos se os ocurre hacer frente a la policía. Aunque no me gustaría, creo que las emociones fuertes tampoco me divierten, quizá la primera vez, pero luego se convierten también en rutina, una rutina peligrosa. Lo de anoche fue una excepción, pero ya terminó, y no queda nada, sólo un entierro al que tendré que asistir mañana, es lo que ordena el juez. Tenía familia, un hermano.

El penúltimo pasajero sube al autobús. Rugirá el motor. Ya no se oye a las limpiadoras.

—¿La mataste tú?

—¿Yo? —lo piensa, como si el pasado se hubiera desvanecido—. ¿Qué importa eso? Esa chica era idiota, no sabía lo que hacía.

—¿Por qué no buscaste tú a Rentero?

Lo piensa de nuevo.

—… Porque tú podías llegar donde yo no podía, ella te lo dijo, lo comprendió muy bien. Todo el mundo me conoce, saben que soy policía. En cuatro horas no le pude sacar nada a su hermano, tú lo conseguiste en unos minutos… ¿Qué epitafio sería bueno para ti? ¿Qué se te ocurre? «Aquí yace un escalador, llegó donde nadie había llegado.»

El motor del autobús ruge, vibran los cristales del ventanal. Me mira a los ojos, es una mirada tranquila. Levanta la pistola. Ella le ha dicho que me mate. Voy a morir. Ella se lo ha ordenado. Me he convertido en un estorbo. Bueno, vale, dispara. Lo va a hacer. Vaya negocio. La Mala Racha otra vez. Se produce una explosión. Es el repiqueteo de un timbre, pero mis oídos y mi cerebro lo han captado como una gran explosión. Durante un instante no comprendo. Es el teléfono. El televisor no tiene sonido por eso creí que en la oficina no podía haber otro sonido. El repiqueteo del timbre se mezcla con el rugido del motor del autobús. El Bola no vuelve la mirada hacia el teléfono, lo va a ignorar. Pero algo ha cambiado en su expresión, su mano se relaja. Se mueve hacia la mesa, de lado, y descuelga el auricular con la mano izquierda.

—¿Sí? —Escucha—… Sí.

Me mira. Al otro lado alguien le está hablando de mí porque el Bola me estudia con la mirada, como si me viera por primera vez. Irene. Sólo puede ser ella. La conversación dura medio minuto. El Bola afirma un par de veces con la cabeza y cuelga sin decir nada. Se queda pensativo. Mira la pistola, parece sorprendido de que ésta ocupe su mano. La guarda en el bolsillo del loden.

—¿Te has deshecho del Talbot? —me pregunta.

—Sí.

—Te llevaré hasta el metro.

Vamos en el 505 hasta Cuatro Caminos. Se detiene al borde de la acera, enfrente de la boca del metro. Me mira.

—Dice que no mereces la molestia, que sólo eres un donnadie… Eso dice ella. Yo te quito el don.

Bajo del coche sin decir nada. El Peugeot arranca y desaparece en el tráfico. Entro en el metro.

Visite nuestra web en:

www.umbrieleditores.com